Dacia Maraini

Tage im August

Zu diesem Buch

Die Sonne brennt unbarmherzig, heiß sind die Tage am Meer. Auf Anna wartet die lang ersehnte Freiheit. Es ist Sommer 1943. Der Vater hat die Vierzehnjährige und ihren jüngeren Bruder aus dem Nonneninternat abgeholt, um die Ferien in einem Badeort in der Nähe Roms zu verbringen. Das Dröhnen der Jagdbomber am Himmel durchbricht die schläfrige Stille der Tage; abends beim Abendbrot sitzt Anna schweigend neben einer fremden Frau, die ihr Vater zweite Mama nennt. Dabei ist Anna hungrig nach Welt, sie will wissen, wie Liebe wirklich geht. In der Badeanstalt Savoia spürt sie die gierigen Blicke junger wie alter Männer und manch fordernde Hand auf ihrer Schulter.

»Marainis Prosa, ganz Betörung, flattert durch Annas Sommerträumereien. Schon im Erstling analysiert die Autorin das Leben von Frauen in der italienischen Gesellschaft.« *Süddeutsche Zeitung*

Die Autorin

Dacia Maraini, geboren 1936 in Fiesole, aufgewachsen in Japan und Sizilien, ist eine der wichtigsten Stimmen Italiens sowie feministische Pionierin. Aufgrund der antifaschistischen Haltung ihres Vaters war sie als Kind in einem japanischen Gefangenenlager interniert. Sie war eine der Ersten, die über Gewalt gegen Frauen schrieb, begründete experimentelle Theater, reiste mit P. P. Pasolini für Filmprojekte nach Afrika und schrieb Drehbücher u. a. für Margarethe von Trotta.

Die Übersetzerin

Ingrid Ickler (*1968), Autorin, Übersetzerin und Moderatorin, studierte Übersetzungswissenschaften in Heidelberg. Sie übersetzt aus dem Englischen, Französischen und Italienischen und lebt in der Nähe von Frankfurt am Main.

Mehr über die Autorin und ihr Werk auf *www.unionsverlag.com*

Dacia Maraini

Tage im August

Roman

Aus dem Italienischen
von Ingrid Ickler

Unionsverlag

Die Originalausgabe erschien 1962 beim Verlag Lerici, Mailand.
Die vorliegende Übersetzung folgt der Ausgabe von 2021 aus dem Verlag Rizzoli,
Mailand. Das Vorwort ist der Ausgabe von 1998 entnommen, die im Verlag
Einaudi, Turin, erschienen ist. Mit freundlicher Genehmigung der Autorin.
Auf Wunsch der Autorin wurde für diese deutsche Ausgabe das Alter der
Protagonistin von elf auf vierzehn Jahre geändert.

Im Internet
Aktuelle Informationen, Dokumente und Materialien
zu Dacia Maraini und diesem Buch
www.unionsverlag.com

Unionsverlag Taschenbuch 1036
© by Mondadori Libri S.p.A. 2021,
originally published by Rizzoli BUR, Milano, Italy
© der deutschen Ausgabe by Folio Verlag GmbH, Wien/Bozen 2024
Diese Ausgabe erscheint mit freundlicher Genehmigung des Folio Verlags.
Originaltitel: La vacanza
© by Unionsverlag 2025
Neptunstrasse 20, CH-8032 Zürich
Telefon +41 44 283 20 00
mail@unionsverlag.ch
Alle Rechte vorbehalten
Der Verlag behält sich das Recht des Text- und Data-Minings an diesem Werk vor,
was hiermit Dritten ohne Zustimmung des Verlags untersagt ist.
Reihengestaltung: Heinz Unternährer
Umschlaggestaltung: Peter Löffelholz unter Verwendung eines Bildes von
Folio, Wien, Bozen, und © Hauptmann & Kompanie, Zürich
Druck und Bindung: CPI – Clausen & Bosse, Leck
www.unionsverlag.com/produktsicherheit
ISBN 978-3-293-71036-8

Der Unionsverlag wird vom Bundesamt für Kultur mit einem
Verlagsförderungs-Strukturbeitrag für die Jahre 2021–2025 unterstützt.

Vorwort

Ein Buch wieder zu lesen, das man vor so vielen Jahren geschrieben hat, ist wie ein Jugendfoto zu betrachten. Dein Körper ist zwar präsent, aber gleichzeitig auch wieder nicht. In dieser Form existiert er nicht mehr. Bin ich wirklich dieses junge Mädchen, das die Welt aus dieser distanzierten und erstaunten Perspektive erzählt, oder bin ich es nicht? Was ist aus diesem Stil geworden, der Vorliebe, alle Details haargenau zu beschreiben, ohne sie als Teil eines großen Ganzen zu begreifen? Aus dieser jungen Autorin, die verblüfft die Widersprüche festhält, die ihr noch kindlicher Geist nicht verstehen kann?

Wo ist das junge Mädchen geblieben, das Bücher liebte und immer und überall leidenschaftlich las? In der Schule, wenn die anderen lernten, im Park, wenn die anderen spielten, in den Ballsälen, wenn sich die anderen verliebten, auf dem Boot liegend, wenn sich die anderen sonnten. Wohin ist sie verschwunden und mit ihr all die Worte und Geschichten der anderen?

Wenn ich zurückblicke, kann ich dieses Mädchen, der Schatten meines Schattens, nicht mehr erkennen. Dabei ist es immer noch da und erinnert mich durch ihr Schreiben daran, dass wir Teil einer Kontinuität sind, trotz verlorener und zerstörter Erinnerungen. Nichts von dem, was wir erlebt haben, geht verloren, auch nicht das Aufwachsen in einer schweren und prekären Zeit.

Ich habe keinen Hang zur Nostalgie. Aber die Vergangenheit zu betrachten, ja, das gefällt mir. Auch das, was vor meiner Geburt liegt, die Jugend meiner Eltern oder Großeltern, die ich mir nur ausmalen kann, meine Vorfahren, die in außergewöhnlichen Zeiten gelebt haben. Wie weit kann man in die familiäre Vergangenheit zurückblicken, ohne den Sinn für die Gegenwart zu verlieren?

In dem verträumten Blick, der uns aus den Fotos unserer Jugend entgegenschaut, liegt etwas Besonderes. Ist es die Illusion der Unendlichkeit, die uns trügt? Oder eine überdeutliche Bestätigung von der Unwirklichkeit der Formen? Formen, die verfliegen, auseinanderbrechen und über unsere anmaßenden Erwartungen lachen?

Soweit ich mich erinnere, kann ich nur sagen, „es war einmal ein junges Mädchen“, das verletzt einen brutalen und verachtenswerten Krieg überlebt hat. Ein Mädchen, das den Hunger kannte und sogar von einem Stück schimmligem Brot träumte.

Dieses Mädchen ist auf unerklärliche und wunderbare Weise dem Krieg und dem Konzentrationslager entronnen. Sie hat die Zeit des Mangels in der Nachkriegszeit erlebt, die immer wieder geflickten Schuhe, die gewendeten Mäntel, die Frostbeulen an den Händen, weil die Räume nicht geheizt waren, die Bücher, die sie heimlich, beim Licht einer Taschenlampe, unter der Bettdecke las.

Dieses Mädchen war so sehr in die Lektüre vertieft, dass sie sogar ihren Namen vergaß. Sie hatte beschlossen, so bald wie möglich selbst ein Buch zu schreiben, denn in den Büchern liegt das Salz der Erde und sie gierte nach diesem Salz. Für Zucker und Honig hatte sie nicht viel übrig.

Dieses junge Mädchen hat mit siebzehn Jahren einen nüchternen, ja rauen Roman geschrieben, den sie *La vacanza (Ferien im August)* nannte, was aber nicht im Sinne einer glücklichen Urlaubsreise oder Erholung gemeint war, sondern eine Leere beschrieb, eine Leerstelle, die ihren Forschergeist weckte: Wer und was lag jenseits der Tür, der Straße, des Flusses, jenseits der Stadt? Etwas Vernünftiges, für das es lohnt, sich zu opfern, oder waren da nur Leid und Verwirrung?

Die Antwort suchte sie in den Büchern. Um sich an Menschen zu wenden, war sie zu schüchtern und zu ungeschickt. Wenn sie jemandem gegenüberstand, errötete sie oder wurde bleich, sie bekam einen trockenen Mund, sodass sie keinen Ton herausbrachte.

Nur das Schreiben konnte die fehlenden Worte ersetzen, wie eine Mumie, die die Worte in sich begraben hatte. Nur das Schreiben brachte ihr ein wenig Frieden. Deshalb hatte sie damit begonnen, beunruhigende Geschichten zu erzählen: Sie wollte die Angst und die Scham überwinden, auf der Welt zu sein. Wie sie festgestellt hatte, war das eine einsame Tätigkeit, bei der sie Stille und Konzentration brauchte. Aber dann fanden diese in der strikten Einsamkeit geschriebenen Worte durch seltsame, alchemistische Wege den Weg zu fernen Augen und Ohren, was ihr eine sonderbare Form des Vertrauens und des Muts schenkte.

Die Figur der Anna war eines Morgens bei ihr aufgetaucht und hatte um Asyl und Verständnis gebeten.

Auch heute noch sind es immer die Figuren, die zu mir kommen und mich bitten, über sie zu schreiben. Anfangs sträube ich mich und schotte mich ab. Es scheint schwierig, fast unmöglich, über jemanden zu schreiben, den ich so wenig kenne, der absolute Ansprüche an unsere Vorstellungskraft stellt, jemand, der gehört, gepflegt, gesehen und analysiert werden möchte. Mein Gott, wie mühsam, sage ich mir, wie kann ich das nur schaffen.

Und dann wird die Aufgabe von Tag zu Tag aufregender: Während ich schreibe, wird mir die Figur immer vertrauter und je vertrauter sie mir wird, desto mehr möchte ich sie von Grund auf kennenlernen. So zwingen mich diese geschickten, von irgendwoher kommenden Figuren, bei ihnen zu bleiben, neugierig und sehnsüchtig. Am Ende verliebt man sich regelrecht in sie und das Schreiben wird zur schieren Notwendigkeit.

Aus einem Gefühl der kindlichen Ähnlichkeit wurde Anna geboren. Dieses Mädchen hatte an meine Tür geklopft, fast wie eine andere Version meiner selbst, aber auch wie eine andere, eine Fremde mit vielen Fragen, die ich nicht verstand.

Sie hat mir von diesem lebenslustigen und stets improvisierenden Vater erzählt, von der antriebslosen und gleichgültigen Stiefmutter, von diesem dickköpfigen und einzelgängerischen Bruder, von den alten Männern und den jungen, die vom Schoß des Mädchens angezogen wurden, wie Bienen vom süßen Nektar.

In diesen Nachmittagen, an denen es nach Algen und Jasmin duftet, findet sich viel von Palermo, genauer gesagt von Mondello, aber ich habe die Handlung an die Küste Latiums verlegt, weil ich damals in Rom lebte und nicht wollte, dass sich mein Blick in einer diffusen Ferne verlor.

Dann ist alles in den Brunnen der Erinnerung gefallen. Dort haben die Figuren uns seit Jahren Gesellschaft geleistet und dösend darauf gewartet, wieder zum Leben erweckt zu werden. Nun bietet sich ihnen die Gelegenheit der Rückkehr und ich fürchte mich fast ein wenig. Ich vertraue den Lesern eine vergessene Figur an, die schmerzhaft stumm und seltsam ohnmächtig ist, in der Hoffnung, dass ihr etwas von der Frische jener Jahre geblieben ist.

Dacia Maraini

1

Wir rannten die Treppe hinab und den langen Flur entlang, ohne auf eine der Schwestern zu treffen. Es herrschte
Mittagsruhe. Die Fensterläden waren geschlossen, man
konnte kaum etwas sehen.

Die alte Nonne an der Pforte öffnete uns die Tür und
brummelte: „Wenn sie hier rausgehen, weiß man nie, wie
sie wieder zurückkehren." Seit ich im Internat war, hatte
ich sie immer so in ihrer Loge sitzen sehen, schwerfällig,
in schwarzer Schürze und zerschlissenem rosa Schultertuch.

„Ihr wollt ans Meer?", fragte sie und funkelte uns miss-
günstig an. „Passt auf, dass ihr euch nicht verkühlt", fuhr
sie fort, während sie uns hinausließ. Dann schlug sie die
Tür zu.

Mumuri wartete draußen schon auf uns. Er saß rittlings
auf seinem Motorrad.

„Da seid ihr ja." Er lächelte zufrieden. „Los, steigt auf",
sagte er und reichte uns eine Hand.

Wir kletterten auf das Motorrad, Giovanni vorne und ich hinten. Das Köfferchen befestigte er, so gut es ging, neben dem Hinterrad und ich legte ein Bein darauf ab.

„Auf geht's!", sagte Papa heiter, die Füße gegen den Boden gestemmt, um das Motorrad im Gleichgewicht zu halten. Wahrscheinlich stand eine der Schwestern am Fenster, aber wir blickten weiter zu Boden und taten so, als hätten wir sie vergessen. „Bereit? Sitzt ihr gut?", fragte er, richtete seine Baskenmütze und umfasste den Lenker.

Ruckartig fuhr das Motorrad an, es beschleunigte und wir legten uns in die Kurve. Giovanni war aufgeregt und klammerte sich zitternd am Lenker fest, ich hatte meine Arme von hinten um den muskulösen Körper meines Vaters gelegt und fühlte mich mit seiner Freude und seinem Selbstvertrauen verbunden. Die Passanten und die wenigen Autos nahm ich gar nicht richtig wahr. Ich schob den Kopf vor, um mir den Wind ins Gesicht wehen zu lassen, und widerstand dem Drang, mir die Haare aus den Augen zu streichen.

Mumuri fuhr sicher, dabei plauderte er munter.

„Ich wette, ihr seid noch nie Motorrad gefahren", stellte er lachend fest. Ohne eine Antwort abzuwarten, fuhr er fort: „Du hast Angst, Giovannino, gib es ruhig zu. Ein Dreikäsehoch wie du hat Angst."

Giovanni schüttelte den Kopf, ohne den Griff zu lockern, seine Hände waren schon ganz blau vor Anstrengung.

„Und wie geht's dir, Anna?" Mumuri drehte sich ein wenig zu mir um, ich konnte sein sonnengebräuntes Gesicht erkennen, das hier und da von langen tiefen Falten durchschnitten war, die getönte Brille saß auf seiner breiten Nase. „Du hättest gerne ein Eis, nicht wahr? Wie blass du bist, meine Kleine. Du wirst sehen, das Meer wird dir guttun. Wenn du zurückkommst, werden die Schwestern dich kaum wiedererkennen."

Ich blickte zurück und dachte an das Internat, das hinter uns lag und auf uns warten würde. Die Schwestern mit ihren mit Haarnadeln am Kopf befestigten langen Schleiern, die klimpernden Rosenkränze. Für Mumuri war alles einfach: Jetzt nahm er uns mit in die Ferien ans Meer, hinterher würde er uns mit dem gleichen klapprigen Motorrad und dem gleichen unbekümmerten Gesichtsausdruck wieder zum fünf Meter hohen Eingangstor zurückbringen. Ich schlang die Arme fester um die breite muskulöse Taille meines Vaters, der sich besorgt umsah. „Du willst ein Eis, oder?" Er zwinkerte mir zu. „Wir sind fast da."

Wir hielten vor einer Eisdiele an der Ecke eines Dorfplatzes. Auf dem Bürgersteig lag eine zerdrückte Eiswaffel. Darüber schwirrte ein Schwarm Fliegen. Eine Katze schnupperte daran und trottete dann weiter. Giovanni wollte nicht absteigen und Mumuri machte sich über ihn lustig. Er zog sich die hellen Lederhandschuhe aus und ich dehnte die schmerzenden Beine.

„Der Wind brennt ganz schön", sagte Giovanni und betastete seine geröteten Wangen.

„Die Sonne brennt", verbesserte ihn Papa und schob den Perlenvorhang vor dem Eingang der Eisdiele beiseite.

Mumuri bestellte zwei Eis zu fünf Lire, Pistazie und Torrone. Giovanni hielt seine Waffel vorsichtig fest und leckte langsam und konzentriert, die Zunge weit herausgestreckt, die Kiefer auf und ab bewegend und die Stirn vor Anstrengung runzelnd.

Papa plauderte mit dem Padrone, einem beleibten Mann, der ihm Fotos berühmter Boxer zeigte.

„Luigi Musina", sagte er und deutete auf ein Bild mit Widmung. „Europameister im Halbschwergewicht. Er hat keine Nase mehr, aber schauen Sie sich die Muskeln an." Papa nickte, dabei behielt er Giovanni im Auge, der sein Eis aß. „Und das ist Proietti, eine ganz andere Liga. Tolles Foto, was?"

„Sehr schön", erwiderte Mumuri mit gleichgültiger Miene.

„Enrico Urbinati, Europameister im Fliegengewicht", der Padrone klatschte in die Hände. „Die verdienen Unsummen."

„Sie schon", sagte Mumuri gelangweilt.

„Der Weg ist beschwerlich, aber es lohnt sich. Ich habe es auch probiert, wissen Sie. Aber ich hatte es zu eilig, war zu ungeduldig. Ein gutes Gefühl, den Kopf zu senken und zuzuschlagen, bis man so richtig erschöpft ist."

Papa reagierte diesmal nicht. „Zufrieden?", fragte er Giovanni, beugte sich zu ihm und strich ihm übers Haar. Der Mann hinter dem Tresen schaute ihm aufmerksam zu, er atmete schwer.

„War das Eis gut?", fragte Papa freundlich und Giovanni nickte.

„Noch eins?"

„Ja."

„Hast du Papa lieb?"

„Ja", antwortete Giovanni und starrte zu Boden. Für ein Eis war er zu jeder Lüge bereit.

„Wenn dein Papa nicht wäre, wer würde dir dann ein Eis kaufen? Die Nonnen sind ziemlich knausrig, was?"

Der Padrone wischte sich die Hände an der knöchellangen Schürze ab. Dann verschwand er hinter dem Tresen und füllte keuchend, aber mit ruhigen Handbewegungen eine zweite Eiswaffel. Mumuri griff danach und reichte sie Giovanni weiter, der sie von allen Seiten anleckte, damit das Eis nicht tropfte.

Mumuri warf einen Blick auf die Uhr an der Wand und verzog das Gesicht. „Es ist schon spät, wir müssen uns beeilen", drängte er und zog zwei Geldscheine heraus. Der Padrone hielt sie gegen das Licht, drehte sie zweimal um und fuhr sich mit der Zunge über die Lippen. Dann legte er sie mit einem zufriedenen Lächeln in die Kasse und lehnte sich mit seinem ganzen Gewicht dagegen.

Giovanni nahm sich Zeit für sein Eis. Er leckte genüss-
lich, die Augen fest auf die grüne und die gelbe Creme gerichtet, die er mit der Zunge umrundete und von der jedes
Mal ein wenig mehr verschwand.

Mumuri wagte nicht, ihn zu stören, sondern betrachtete ihn neugierig. Vielleicht wurde ihm zum ersten Mal
klar, wie fremd er ihm war. Ich beobachtete meinen Vater
und suchte nach Ähnlichkeiten zwischen uns.

„Fertig, mein Junge?", fragte er und umfasste mit seiner
großen kräftigen Hand die klebrigen Finger seines Sohnes.
Giovanni wollte noch ein Eis und der Barbesitzer musterte
ihn versonnen. Papa verlor die Geduld. „Es ist spät, habe
ich gesagt. Sie wartet auf uns."

„Wer?", platzte ich heraus. Mumuri wirkte angespannt,
plötzlich sah sein Gesicht müde aus, aber seine listigen
Augen leuchteten.

„Noch eins", quengelte Giovanni.

Papa reagierte wütend und packte ihn am Handgelenk.
Giovanni starrte ihn hasserfüllt an. Dann entdeckte Mumuri
einen vorbeilaufenden Hund und versuchte uns auf ihn
aufmerksam zu machen.

„Schaut mal, was für ein schöner Hund."

Giovanni drehte den Kopf weg und beharrte auf seinem Eis. Mumuri packte ihn am Arm und zog ihn nach
draußen.

Ich folgte ihnen.

Wir stiegen wieder auf das völlig verstaubte Motorrad, der Motor war noch warm. Giovanni hatte Tränen in den Augen und biss die Zähne zusammen. Mumuri wirkte nervös und abwesend. Wir fuhren lange Zeit, ohne dass jemand ein Wort sprach. Dann hörte ich Mumuris Stimme.

„Was hast du gesagt?", rief ich zurück.

„Eure zweite Mama wartet zu Hause auf euch."

Ich reagierte nicht und umklammerte ihn noch fester. Mama war nicht mehr da und das wusste er auch. Warum sprach er von einer zweiten Mama? Ich dachte daran, wie wir an jedem ersten Sonntag im Monat in Reih und Glied mit den Schwestern auf den Friedhof gingen. Die verwelkten Blumensträuße rochen feucht. Ich mochte diesen Ort, wo ständig ein angenehm frischer Wind wehte. Giovanni schlief auf der Bank ein, kurz bevor wir die Tüten mit unserem Proviant herausholten. Brot und ein Ei. Man musste aufpassen, dass einem der Wind nicht alles aus den Händen wehte. Giovanni versteckte sich hinter meinem Rücken und kicherte. Die Schwestern stimmten mit lauter Stimme ein Gebet an und wir mussten die Antwort singen.

„Warum sagst du nichts, Anna?"

„Wie heißt diese Mama?"

„Mama, das reicht." Papas Stimme klang wütend und gezwungen. „Hast du deinen Papa lieb, Giovannino?"

Giovanni reagierte nicht. Papa beschleunigte. Ein Militärlaster überholte uns und machte einen Höllenlärm, der

Luftstrom war so stark, dass wir fast das Gleichgewicht verloren hätten.

„Ihr müsst nett zu ihr sein, verstanden?"

Wir antworteten nicht und er schüttelte den Kopf.

„Ihr seid undankbar. Hat dir das Eis geschmeckt, ja oder nein?", fragte er Giovanni und küsste ihn auf den Kopf. Ich hörte seine Stimme nur undeutlich, bruchstückhaft, der Wind trug seine Worte mit sich fort.

Eines Morgens waren wir festlich gekleidet und frisiert worden. Die Schwestern tuschelten untereinander und musterten uns gerührt. Eine hatte versucht, mir mit einem Stift und ein wenig angefeuchtetem Papier Locken zu drehen. Obwohl mir die Augen vor Müdigkeit brannten, spürte ich, dass etwas Wichtiges geschehen würde. Ohne die übliche Tasse Milch mussten wir ins Besuchszimmer gehen.

„Dein Vater", sagte die Mutter Oberin und schob sich den Schleier aus dem Gesicht. Ich knickste. Er lachte, warf den Kopf in den Nacken und nahm mich in den Arm. Dabei flüsterte er mir etwas zu, das ich nicht verstand, sein Mund kam mir so nah, dass ich seinen warmen Atem auf meinen Wangen spüren konnte. Er roch nach Rauch. Danach wollte er auch Giovanni an die Brust drücken. Die Nonne entfernte sich schwankend und wir sahen ihn ängstlich an. „Wie viele Perlen an diesem Rosenkranz", sagte Papa und zog ein von der Sonne ausgebleichtes Foto unserer Mutter aus der Tasche. Die Beine waren ab dem Knie abgeschnitten. Ihr Gesicht war lang gezogen und hatte etwas von einem Pferd, sie lächelte freundlich. Giovanni streckte sich, um besser sehen zu können. Mumuri schlug die Beine übereinander und sagte: „Das bin ich." Dabei legte er mir seine warme Hand in den Nacken. Zum allerersten Mal dachte ich: Das ist mein Vater. Auf dem Foto winkte er in die Kamera, er wirkte mager und hatte ein strahlendes Lächeln. Am unteren Bildrand stand in Großbuchstaben ALDO MUMURI.

„Siehst du das Haus dort, mit dem weißen Dach und dem hohen Baum?", fragte Mumuri unvermittelt. „Seht ihr das? Das ist unser Haus. Zeit fürs Mittagessen. Mama wartet schon auf euch."

Das Motorrad rumpelte über einen Weg voller Schlaglöcher und blieb dann qualmend vor einer grauen Steintreppe stehen. Eine Frau in einem gelben Kleid kam auf uns zu, sie strich sich mit den Fingern einer Hand die Haare aus dem Gesicht und lächelte verlegen.

„Nina, das ist Giovanni und das ist Anna. Sieh nur! Kaum dreht man sich mal kurz um und schon sind sie groß wie ein Baum. Ist dir aufgefallen, wie ähnlich sie mir sind? Giovanni ist ganz der Vater. Das habe ich gleich gesehen. Wir haben unterwegs Pause gemacht und ein Eis gegessen. Stell dir vor, mein Sohn hatte zuvor noch nie eins probiert."

Er plapperte drauflos, weil er nicht wusste, was er sagen sollte. Nina überkreuzte die Hände hinter dem Rücken, wir blieben stocksteif stehen und betrachteten ihr Lächeln.

„Giovanni, das ist deine Mama. Gib ihr einen Kuss. Was ziehst du denn für einen Flunsch. Geh schon zu ihr und umarme sie. Sie ist eine gute Frau, das kannst du mir glauben. Schau dir nur ihr Gesicht an. Du wirst doch keine Angst haben, oder? Komm schon, Annuccia, sei deinem Bruder ein gutes Beispiel."

Giovanni ging auf Nina zu und umarmte sie teilnahmslos.

„Bravo, Giovanni, ganz der Sohn seines Vaters. Der weiß, was sich gehört. Er ist ernsthaft und versteht sofort. Und jetzt du, Anna, mach schon."

Nina hatte sich auf den Kies gekniet und hielt mir eine glänzende ungepuderte Wange hin. Ich küsste sie widerwillig, sie roch nach Schweiß und Parfüm. Papa nahm uns bei der Hand und ging mit uns die Treppe hoch.

„Das gefällt dir, was? Schau nur, schau, was es hier alles gibt", sagte er und zog uns von einem Zimmer ins andere.

„Das ist euer Zimmer", verkündete er stolz und öffnete die Milchglastür.

Der Raum war lang und schmal. Die ganze hintere Wand bestand aus einem großen Fenster. Auf dem Nachttisch stand ein Strauß mit Kunstblumen und über dem Bett hing ein Ölfarbendruck der Madonna. Giovanni öffnete den Schrank und versteckte sich darin. Papa beobachtete ihn besorgt und stolz zugleich, dann zeigte er mir mein Bett. Es hatte ein Kopfteil aus glänzendem Mahagoni und eine violette Satinbettdecke.

„Gefällt es dir?" Ich nickte, aber das reichte ihm nicht. Er wollte, dass wir uns begeistert und vor allem dankbar zeigten.

„Überrascht?", fragte er weiter und legte den Kopf schief, dabei lächelte er so freundlich, wie er nur konnte. Nina stand auf der Schwelle, ihre Augen fest auf ihn geheftet, die Lippen leicht geöffnet.

„Nina, schau nur, so große schöne Kinder. Komm doch näher, setz dich zu uns."

Nina kam mit wiegenden Hüften ins Zimmer und setzte sich aufs Bett. Auf ihren Lippen lag ein scheues Lächeln, in ihren Augen lag Neugier. Mumuri legte ihr eine Hand auf den Oberschenkel und erzählte mit Leidenschaft von ihrem Haus, seinem Geschäftspartner, der im oberen Stockwerk wohnte, vom Meer und vom Geschäft. Dabei wechselte er von einem Thema zum anderen.

„Jetzt habe ich Hunger", verkündete er und sprang auf. Wehe, das Essen stünde noch nicht auf dem Tisch.

„Ist das Essen fertig? Ich habe Hunger wie ein Bär, Nina."

Nina nickte und antwortete, das sei es schon eine ganze Weile. „Kommt", sagte sie und ihre Stimme klang sanft und ein wenig schleppend. Alle Wörter schienen miteinander verbunden zu sein und reihten sich ohne Betonung aneinander, es klang wie ein schläfriger Singsang. Mumuri starrte sie mit gierigen Augen an.

Wir setzten uns an einen Tisch mit geschwungenen Beinen, die leicht schief standen. Der Boden bestand aus Marmorbruchstein, von der Decke hing eine Lampe aus blauem Glas.

Giovanni wollte sich die Hände nicht waschen. Er umklammerte sein Glas und trank große Schlucke Wasser. In seinen Augen standen Tränen. Papa musterte ihn verärgert.

„Schau nur, Giovanni trinkt wie ein Fisch", sagte er und lachte, dabei suchte er Ninas Blick. Aber Nina reagierte nicht, vielleicht ärgerte sie sich über uns oder dachte an etwas anderes.

„Nina, hör gefälligst zu, wenn ich etwas sage, Herrgott noch mal!" Er knöpfte den Hemdkragen auf und kreiste den Kopf. Nina schaute ihn mit ihren haselnussbraunen Augen an und lächelte.

„Was gibt es als zweiten Gang? Diese Seeluft macht mich nervös, die Stille und der Fischgeruch gehen mir auf die Nerven." Er kratzte sich mit der einen Hand im Nacken, mit der anderen zerkrümelte er das Brot neben seinem Teller.

Giovanni brach in Tränen aus. Ich spürte ein Gefühl der Leere in der Brust. Nina beobachtete uns teilnahmslos. Sie schien sich zu fragen, was wir in einem Haus zu suchen hatten, das nicht das unsere war. Mumuri wusste nicht recht, ob er Giovanni ohrfeigen und ins Bett schicken oder auf den Schoß nehmen und trösten sollte. Deshalb schaute er ihn nur an, kaute sein Fleisch und wartete darauf, dass er aufhörte zu weinen.

Irgendwann war Giovanni erschöpft, er legte die Arme auf den Tisch und schlief ein, die Haare fielen auf den Teller voller Soße.

„Der arme Junge, er ist todmüde. Außerdem hat er viel Eis gegessen." Mumuri wischte sich den Mund sauber, zerknüllte die Serviette und stand auf, um seinen Sohn ins Bett zu bringen. „Nina, hilf mir."

Widerwillig folgte sie ihm.

Ich sah ihnen nach. Das Fenster stand offen und ließ die milde Meeresbrise ins Zimmer. Ich spürte, wie meine nackten Beine am Holz des Stuhls festklebten. Als ich aufsah, entdeckte ich eine Katze auf dem Fensterbrett, die mich aufmerksam beäugte. Sie hatte die Pfoten unter das Kinn gelegt, ihre durchsichtigen Augen wirkten fragend. Beim Anblick ihres vom Abendlicht nur schwach beleuchteten weißen Fells beruhigte ich mich allmählich. Die Schnauze wurde durch einen schwarzen Fleck, der vom rechten Auge bis zum linken Ohr reichte, in zwei Hälften geteilt.

„Das ist das Haus meines Vaters", sagte ich mir, dabei hatte ich das Gefühl, die Katze könnte meine Gedanken lesen. Nina und die Katze waren sich ähnlich, daran gab es keinen Zweifel. Ich betrachtete die weiche Kurve ihres Rückens und die gleichermaßen gelangweilt wie hellwach wirkenden leuchtenden Augen. Sie musterte mich, als wüsste sie schon alles über mich, einerseits gespannt auf meine Reaktion und andererseits ungerührt, bemüht, mich zu verstehen, und bereits jetzt davon gelangweilt.

2

„Ich verbrenne Nina", rief Giovanni und hielt die Flamme an einen Haufen trockener Blätter, die er in einer kleinen Feuerstelle aus Steinen aufgeschichtet hatte. „Ich verbrenne Signor Pompeo", fuhr er fort und pustete gegen das Laub.

„Sei still, ich lese", sagte ich, aber Giovanni tat so, als hätte er mich nicht gehört. Er hob das rußverschmierte Gesicht.

„Das Feuer ist ausgegangen", jammerte er, „hilf mir, es wieder anzuzünden, Anna."

Ich legte die Zeitung beiseite und half ihm.

„Wann kommt Papa wieder?", fragte er und stocherte mit einem trockenen Zweig in dem Blätterhaufen herum.

„Am Samstag."

„Wann geht Nina weg?"

„Nie."

„Wann hört der Krieg auf?"

„Keine Ahnung. Frag Papa."

Wie aus dem Nichts tauchten Flugzeuge auf, der Lärm war ohrenbetäubend und wir verstummten.

„Komm, wir laufen zum Strand, das sind feindliche Bomber." Giovanni trat das Feuer aus und rannte los. Ich folgte ihm.

Am Strand trafen wir auf Signor Pompeo Pompei, der ein Handtuch schwenkte, mit seinem Sohn Armando und seiner Frau im Schlepptau. Er war Papas Geschäftspartner, der über uns wohnte.

„Was macht ihr denn da, Kinder?", keuchte er. „Das sind Kampfflugzeuge, sie bombardieren uns."

„Das will ich sehen", rief Giovanni und versuchte sich aus dem Griff von Signora Mary zu befreien.

„Sie bombardieren uns, sie sind böse. Sie werfen Bomben ab, auch auf Rom. Und auf Santa Martina. Sogar aufs Meer."

Signora Mary zitterte in ihrem nassen Wollbadeanzug. Armando rauchte seine Zigarette zu Ende, sein Gesichtsausdruck war finster und entschlossen.

Die Pompeis zwangen uns, mit ihnen nach Hause zu gehen. Armando zündete sich eine weitere Zigarette an. Pompeo ging nach oben, um Schuhe zu holen, Signora Mary kauerte sich auf einem Stuhl zusammen. Die Flugzeuge entfernten sich, ohne eine Bombe abgeworfen zu haben, der Lärm der Motoren durchschnitt die Luft.

„Sie fliegen nach Rom. Vertrauen wir auf Gott", jammerte sie fröstelnd.

Signor Pompei seufzte erleichtert. Er griff nach einer Zeitung und faltete sie zusammen, um sich Luft zuzufächeln.

Nina kam aus der Küche. Sie wunderte sich über unsere Anwesenheit und fragte, was passiert sei.

„Meine liebe Nina, wir haben uns so erschreckt!" Signora Mary zeigte auf ihre mit Gänsehaut überzogenen und mit roten Flecken übersäten blassen Beine.

Armando warf den Zigarettenstummel aus dem Fenster und zündete sich unmittelbar danach die dritte Zigarette an. Giovanni verschwand und versteckte sich im Schrank.

„Ich gehe zurück an den Strand", sagte Armando.

„Nein, das machst du nicht", erwiderte Pompeo, „bei diesen Flugzeugen weiß man nie. Vielleicht ist noch ein zweites Geschwader im Anflug."

„Na und? Hier bombardieren sie sowieso nicht. Ich gehe."

„Nein, du bleibst. Weil ich es sage", rief der Vater.

„Lass ihn doch, Pompeo. Sie werfen hier keine Bomben ab, ihr Ziel ist Rom, das ist doch logisch, oder?"

„Das sind Amerikaner", sagte Armando mit Kennermiene.

„Woher willst du das wissen?", fragte sein Vater verärgert.

„Das erkenne ich am Klang."

„Was wollen sie denn in Rom?", fragte er schulterzuckend.

„Die Stadt einnehmen und die Deutschen vertreiben. Was denn sonst?" Armando hatte die Stimme erhoben, sie war voller Hass. Seinen Vater schaute er nicht einmal an. Signor Pompeo kratzte sich am Kopf und gähnte, erleichtert, dass die Gefahr vorüber war.

„Der arme Aldo!", sagte Nina und senkte den Blick.

„Warum das denn?" Signora Mary blinzelte überrascht.

„Wenn der Laden in die Luft fliegt, wer zahlt ihm dann den Schaden?" Nina richtete die ausdruckslosen Augen gen Himmel. Sie machte sich wirklich Sorgen um das Geschäft.

„Aldo ist ein Glückskind, der hat Schwein", erwiderte Signor Pompeo lachend, gähnte und zwinkerte ihr zu.

„Was redest du denn da, Pompeo. Und das vor den Kindern." Signora Mary wirkte empört. Ihr Mann zog die Augenbrauen hoch, wie um zu sagen, dass wir das ohnehin nicht verstanden hatten.

„Er könnte längst tot sein", sagte Armando plötzlich und blies den Rauch aus. Signora Mary bekreuzigte sich drei Mal. Nina riss entsetzt die Augen auf.

„Was redest du denn da. Mal den Teufel nicht an die Wand, Armando! Tot? Was soll das? Hast du den Verstand verloren? Ein Mann wie er, ein so guter Mensch, so geschickt und geschäftstüchtig. Ich bitte dich. Warum sollte gerade er sterben? Um den Amerikanern einen Gefallen zu tun? Ein Mann wie er lässt sich vom Tod nicht überraschen, das sage ich dir." Signor Pompeo spitzte die Lippen und spuckte aus dem Fenster. Nina sah der Flugbahn der Spucke hinterher und fuhr sich mit den Fingern durchs Haar. Armando zog den Kopf ein, sein Gesicht wirkte hart, er biss die Lippen aufeinander, über denen ein spärlicher Flaum zu erkennen war, und verließ überstürzt das Zimmer.

„Mein Sohn, dieser …", setzte Signora Mary an, aber ihr Mann unterbrach sie fluchend, anschließend gingen beide nach oben, um sich umzuziehen. Nina ging summend in die Küche zurück.

„Mach das Radio an, Annuccia", rief sie mir zu und ich ging zur Anrichte.

Ich stellte mich neben die Tür, um sie zu beobachten. Sie tauchte die Hände ins warme Wasser, hin und wieder hielt sie inne, um in den Spiegel über dem Spülbecken zu schauen und sich anzulächeln. Dann wusch sie weiter ab, dabei wiegte sie sich im Rhythmus der Musik, die aus dem voll aufgedrehten Radio schallte. Sie schaute wieder in den Spiegel, strich sich das Haar glatt, stocherte mit einem Fingernagel zwischen den Zähnen, probierte ein paar Tanzschritte und schnaufte, wenn sie gegen eine der unebenen Bodenfliesen stieß. Mein Blick folgte der sanften Kurve ihres Rückens und wanderte zu den langen, wohlgeformten und gebräunten Beinen. Ich beneidete sie.

Plötzlich entdeckte sie mich und schrie auf. Mein Anblick hatte sie erschreckt. Aber ich musste ihr nur sagen, wie schön sie war, schon lächelte sie zufrieden und hatte keine Lust mehr, mich zu bestrafen.

„Spionin", rief sie mir scherzhaft hinterher. „Du bist schon ein merkwürdiges Mädchen", fügte sie amüsiert hinzu und strich sich über die Hüften.

Ich hatte keine Lust mehr, ihr bei der Arbeit zuzusehen, und ging in den Garten, wo Giovanni mit einer Wasserpistole spielte. Ich setzte mich auf den Boden und beobachtete ihn. Mein Kopf fühlte sich leer an. Giovanni rannte los, um die Pistole mit dem dreckigen Wasser aus dem Bottich hinter dem Haus zu füllen, und als er zurückkam, spritzte er auf das Gebüsch, hinter dem sich die verängstigte Katze versteckt hatte. Ich hörte Nina in der Küche trällern und in der Ferne das Geräusch der Wellen, die an den nahen Strand rollten.

Hin und wieder trug der Wind den Lärm der Motorräder und die Stimmen aus dem Strandbad Savoia zu mir. Und manchmal war noch das Dröhnen der Flugzeuge zu hören.

3

Ich hatte erfahren, dass Pompeo Pompei gar kein Geschäftspartner von Papa war, sondern sein Chef. Mumuri hatte
sich wichtigmachen wollen. Wenn er uns im Internat besuchen kam, spielte er den reichen Mann, und die Schwestern gaben ihm in allem recht, was er sagte. Das erste Mal
hatte er der Pförtnerin ein großzügiges Trinkgeld gegeben, die ihn von da an wie einen feinen Herrn behandelte.
Die Schwestern empfingen ihn zuvorkommend und mit
großer Höflichkeit, auf einem winzigen Tablett servierten
sie zwei kleine Gläser Likör. Eines für die Mutter Oberin,
eines für ihn. Das weißliche lauwarme Getränk roch nach
Anis. Man kippte es in einem Schluck hinunter, trotzdem klebten hinterher die Finger. Die Schwestern waren
stolz, Mumuri etwas anbieten zu können, und er strahlte
sie an, wenn er das Glas hinunterkippte. „In diesen Zeiten ist ein Motorrad ein Luxus", sagte die Pförtnerin leise zu einer anderen Schwester und tippte mit der Finger-
spitze einen Tropfen Likör auf, der auf das Silbertablett
gefallen war.

Jedenfalls gehörte des Geschäft Pompei und Mumuri arbeitete für ihn. Wenn sie alle um den Esstisch saßen und Karten spielten, sagte Pompeo gerne, dass Mumuri im Geschäft unentbehrlich war, und zwinkerte ihm dabei zu. Mumuri lächelte zufrieden und gab sich bescheiden. Dann legte ihm Signor Pompeo die Hand auf den Arm und fügte hinzu, dass er allerdings keine Ahnung vom Kartenspielen habe. Dabei lachte er und rollte mit den Augen.

In diesem Moment spritzte mir Giovanni Wasser ins Gesicht und rannte davon, dabei drehte er sich um, um meine Reaktion zu beobachten. Ich wollte ihm keine Genugtuung geben und stand auf, um ins Haus zu gehen, als sei nichts geschehen. Kurz darauf trottete er mir enttäuscht hinterher, die leere Pistole in der Hand und die Beine voller Schlamm.

„Gibt's Essen?", rief er und warf die Pistole aufs Bett.

„Wasch dir erst die Beine", sagte Nina, „sonst kriegst du nichts."

Giovanni griff nach der Pistole und ging ins Bad, um sie wieder mit Wasser zu füllen. Ich kauerte mich neben das Radio, um Musik zu hören. Nina lief zwischen Küche und Esszimmer hin und her, sie beklagte sich über die Hitze, ihr Morgenrock klaffte über den schweißbedeckten Brüsten auseinander.

Giovanni schlich sich von hinten an und bohrte mir den Lauf der Pistole in den Rücken.

„Hände hoch", drohte er und imitierte dabei Mumuris tiefe Stimme.

„Hör auf."

„Ich bring dich um."

„Mach dich sauber, es gibt gleich Essen."

„Ich erschieße dich", drohte er, zielte auf meinen Rücken und drückte ab. Dann schlug er mir mit dem Pistolenkolben auf den Kopf. Ich drehte mich um und versuchte ihn abzuwehren, aber er fuchtelte wild mit den Händen, sein Gesicht war feuerrot.

Nina trennte uns mit ihren kräftigen Armen und gab mir eine Ohrfeige.

„Wie zwei kleine Kinder", schimpfte sie und schob Giovanni ins Bad, damit er sich die Beine wusch. Vorher hatte sie ihm die Pistole aus der Hand gerissen und aus dem Fenster geworfen. „Setzt euch", sagte sie, als sie kurz darauf mit einer Schüssel voller Spaghetti aus der Küche kam.

Wir aßen schweigend, den Blick auf den Teller gerichtet. Das Radio war voll aufgedreht und füllte den Raum mit Musik. Es war kaum auszuhalten. Ein Lied nach dem anderen erklang und Nina hörte aufmerksam zu. Manchmal sang sie mit, es klang schief. Giovanni aß lustlos, die Soße spritzte nach allen Seiten.

„Iss anständig", schimpfte Nina, „du machst mir die Tischdecke dreckig."

„Ich habe keinen Hunger."

„Es wird trotzdem gegessen", gab sie zurück.

„Ich bin müde." Giovanni riss den Mund voller Spaghetti auf und gähnte.

„Iss fertig und dann legst du dich hin."

Ich half Nina, den Tisch abzuräumen. In der Küche kochte schon das Wasser für den Abwasch. Ich schüttete eine Handvoll Seifenpulver dazu und begann das Geschirr zu spülen.

„Sehr gut, Anna, dann kannst du jetzt allein weitermachen. Ich muss mich umziehen."

Sie ließ mich am Spülstein stehen, die Hände in der Seifenlauge. Ich griff nach einem schmutzigen Teller und wischte ihn sorgfältig sauber. Im Radio gab es jetzt keine Musik mehr. Eine sonore Stimme verlas die neuesten Sportnachrichten. „Italien hat wieder einmal die Siegespalme errungen, das Glück war unserer glorreichen Nationalmannschaft gewogen", verkündete die Stimme.

Nina betrat die Küche, einen Kamm in der Hand. Sie trug ein erdbeerrotes Kleid.

„Hast du meinen roten Gürtel gesehen?", fragte sie und sah sich auf dem Boden um.

„Was bedeutet ‚Siegespalme'?"

„Ich habe dich gefragt, ob du meinen roten Gürtel gesehen hast."

„Nein", antwortete ich. „Aber was bedeutet ‚Siegespalme'?"

„Was?", fragte sie und verschwand, um weiter nach dem Gürtel zu suchen. Kurz darauf sah ich sie mit ihrem weichen, wiegenden Gang das Haus verlassen. Auf dem Kopf trug sie ein weißes Hütchen, die schwarzen Locken fielen ihr in den gebräunten Nacken.

Giovanni schlief. Ich machte den Abwasch fertig und hörte dabei die Sportnachrichten. Die Italiener eilten von Sieg zu Sieg und das sollte uns sehr stolz machen. Die sonore männliche Stimme wechselte sich mit einer weiblichen ab, die mehr oder weniger das Gleiche sagte. Bei der letzten Partie zwischen Juventus Turin und AS Ambrosiana waren mehr als 20.000 Fans im Stadion. Ein Rekord. Ich erinnerte mich an das Stadion in Rom, wir hatten einmal mit den Schwestern einen Ausflug dorthin gemacht, in Zweierreihen. Unter der gleißenden Sonne hatten wir gegen drei Uhr nachmittags das Forum Romanum besucht. In der Mitte des Spielfelds hatte eine Gruppe Männer in weißen Shorts trainiert. Über unseren Köpfen erhoben sich riesige Statuen nackter Männer. Wir hatten sie mit einer Mischung aus Furcht und Bewunderung angestarrt. „Wie schön!", hatte ein Mädchen gerufen, bevor es von einer Schwester zur Seite gezogen wurde.

Plötzlich stand Giovanni auf und verließ das Haus, ohne zu sagen, wo er hinwollte. Ich trocknete das Geschirr ab und ging ans Meer, das ruhig und düster dalag. Ich blieb so lange sitzen, bis Wind aufkam. Dann ging ich nach

Hause zurück, schaltete das Radio wieder an, nahm mir eine Zeitschrift und legte mich aufs Bett. *Das Haus des Verlangens* war die Geschichte einer Frau, die einen stummen Mann heiratet, mit ihm ins Haus seines Bruders zieht, in den sie sich schließlich verliebt. Der Roman endete mit der schrecklichen Rache des Stummen.

Später kam Nina zurück, sie trug ein Päckchen unter dem Arm.

„Ich habe auf dem Schwarzmarkt eingekauft", sagte sie und warf das Päckchen aufs Bett. Dann setzte sie den Hut ab und fuhr sich mit den Fingern durchs Haar.

„Es ist heiß", verkündete sie und knöpfte sich ihr Kleid auf.

„Wo ist Giovanni?", fragte sie und betrachtete sich im Spiegel.

„Draußen."

Sie öffnete das Päckchen und zog einen Badeanzug, zwei kleine bunt gestreifte Handtücher und drei Paar Seidenstrümpfe mit Naht heraus.

„Schön, oder?" Nina wirkte zufrieden. Sie legte alles in das Päckchen zurück und fragte beim Hinausgehen: „Waren die Pompeis am Nachmittag schon herunten?"

„Ich habe sie nicht gesehen."

„Armando ist mit seinen Freunden Billard spielen. Ich habe sie eben gesehen. Willst du nicht rausgehen?"

„Nein."

„Heute Abend kommt dein Vater zurück", sagte sie nachdenklich, „bald muss ich mit dem Abendessen anfangen. Was für eine Plackerei!"

Sie verließ das Zimmer, den Hut hielt sie mit spitzen Fingern, um ihn nicht schmutzig zu machen. Ich hörte sie im Bad singen.

Eine halbe Stunde später traf Mumuri ein, sein Motorrad machte einen Höllenlärm. Nina eilte ihm entgegen und berichtete ihm strahlend von ihren nachmittäglichen Einkäufen.

„Bist du müde?"

„Sehr."

„Ich brauche Geld. Ich habe alles ausgegeben."

Mumuri antwortete nicht, er räusperte sich, wirkte verärgert. Nina küsste ihn aufs Kinn und er lächelte.

Sie hatten mich ganz vergessen und ich tat so, als hätte ich Papas Ankunft gar nicht bemerkt. Ich legte mich aufs Bett und hielt mir die Zeitschrift vors Gesicht. Die Wand zwischen den beiden Zimmern war dünn, ich konnte hören, wie Nina sich darüber beschwerte, dass Signora Mary sie von oben herab behandelte.

„Diese blöde Kuh."

„Sei bitte still", beschwor sie Mumuri.

„Bestimmt nicht. Sie lassen uns nur hier wohnen, weil sie dich brauchen. Glaubst du etwa, Pompeo ist nicht klar, dass du die ganze Arbeit machst? Und du lässt dir das gefallen, weil du Angst vor ihm hast. Wo finden sie noch einen wie dich, einen, der hart arbeitet und sich nicht beschwert? Seitdem du die Zügel in die Hand genommen hast, läuft das Geschäft besser und wirft mehr ab. Er streicht das Geld ein und liegt auf der faulen Haut. In die Stadt traut er sich wegen der Bomben nicht. Er hat Angst vor den Deutschen. Das weißt du besser als ich. Er ist ein Dieb. Ich kenne Leute, die er aus dem Haus gejagt hat, weil sie keine Miete zahlen konnten, und um die Verkaufslizenz zu bekommen, hat er für die Deutschen spioniert. Das weißt du besser als ich, Aldo, das muss ich doch mal sagen dürfen."

„Ich weiß, ich weiß. Aber was willst du machen. Eines Tages wird das Geschäft mir gehören und niemand wird dich mehr von oben herab behandeln. Eines Tages wird das Haus uns gehören und wir werden im oberen Stockwerk schlafen, wo es kühler und luftiger ist. Hab Geduld. Im Moment müssen wir gute Miene zum bösen Spiel machen. Wenn er Verdacht schöpft, haben wir ein Problem."

„Was für einen Verdacht?", unterbrach ihn Nina. „Ohne dich kommt er doch gar nicht zurecht. Das Dienstmädchen mache ich für niemanden."

„Lass gut sein", erwiderte Mumuri genervt, „das sind rechtschaffene Leute, aber wenn sie Verdacht schöpfen, werden sie bösartig. Denk nicht weiter darüber nach. Schau dich nur an, wie schön du bist. Lass mich dich anfassen."

Es war dunkel geworden und ich hatte immer noch die Zeitschrift vor der Nase. Meine Arme schmerzten bis zu den Achseln. In mir herrschte Eiseskälte. Ich stand auf, um mir ein Glas Wasser zu holen, und blieb vor der Tür des Schlafzimmers stehen. Sie schwiegen jetzt. Ich hörte nur das Ticken der Küchenuhr und ihr Seufzen. Durch das Schlüsselloch drang ein Lichtschein. Ich spähte hindurch und konnte einen Ausschnitt des zerwühlten Bettzeugs sehen, aus dem Ninas Beine herausragten. Dann richtete ich mich wieder auf und ging in mein Zimmer zurück.

4

Die Sonne brannte. Der böige Wind, der schräg vom Meer
her wehte, wirbelte den Sand auf. Signor Pompeo trocknete sich die Füße ab und nieste. Signora Mary lag bäuch-
lings auf einem gelben Handtuch. Es sah aus, als würde sie
schlafen. Die Beine waren leicht gespreizt, das Gesicht
glänzte vor Sonnencreme. Armando starrte sie an, dabei
zog er wütend an seiner Zigarette und wühlte mit dem
Fuß im glühend heißen Sand. Giovanni war mit einigen
anderen Jungs verschwunden. Nina war mit einem freund-
lichen Herrn mit gebräuntem Gesicht und kurzen behaarten Beinen im Boot unterwegs. Er besuchte sie häufig und
sie ließ sich von ihm ins Strandbad oder zum Bootfahren
einladen. „Ich gehe kurz schwimmen", sagte sie an Signora
Mary gewandt und ging über den Strand davon, dabei
strich sie sich die Haare nach hinten und richtete die Träger des Badeanzugs aus schwarzer Wolle.

Signor Pompeo sah ihr mit zusammengekniffenen Augen
nach und hielt sich zum Schutz vor der Sonne eine fleischi-
ge Hand darüber. Armando verfolgte sie mit dem Blick.

„Wo geht Nina wohl hin?", fragte Signora Mary mit ironischem Unterton.

„Sie lässt sich …", ihr Mann brach mitten im Satz ab und biss sich auf die Lippe.

Armando schnippte die Zigarettenkippe auf den Boden und drehte den Kopf zur Seite, während ich Nina so lange mit dem Blick verfolgte, bis mir die Augen brannten. Ich konnte die dunkle Silhouette des Bootes im gleißenden Sonnenlicht nur erahnen. Es entfernte sich still und allmählich und mit ihm Nina und der freundliche Herr mit den gierigen Augen.

Niemand sprach über Ninas kleine Fluchten. Signor Pompeo hatte Spaß daran, ihr Angst zu machen, indem er Papa gegenüber immer wieder Andeutungen machte, das Geheimnis letztendlich aber doch für sich behielt.

Armando stand auf, kam auf mich zu und stupste mich mit dem Fuß an.

„Was willst du?"

„Kommst du mit zum Strandbad?"

„Warum?"

„Einfach so. Um zu sehen, wer da ist."

„Zu heiß."

„Ist doch egal. Danach können wir schwimmen gehen." Er zündete sich eine Zigarette an, steckte das Feuerzeug in die Tasche seiner Shorts und half mir aufzustehen. „Gehen wir."

„Deine Mutter schläft."

„Papa, wir gehen zum Strandbad. Ciao."

Signor Pompeo war mit den Gedanken offensichtlich ganz woanders und antwortete nicht. Wir gingen den mit Papierfetzen und Teerflecken übersäten Strand entlang.

„Du bist immer so still", sagte er, dabei schaute er starr nach unten.

„Was soll ich denn sagen?" Ich zuckte mit den Schultern.

„Wo ist deine Mutter?"

„Tot."

„Ich bringe mich irgendwann um", sagte er und feuchtete mit der Zunge das Zigarettenpapier an.

„Warum?"

„Einfach so. Ich habe keine Lust zu leben."

„Das machst du ja doch nicht."

„Oh doch. Ich bin mutig, glaubst du mir das etwa nicht? Ich habe keine Angst, vor gar nichts."

Wir waren fast unter den Betonpfeilern angekommen, auf denen die Plattform mit dem Restaurant ruhte.

„Lass uns eine Umkleidekabine mieten, dann gehen wir schwimmen. Hast du Lust?"

„Ich habe keinen Badeanzug dabei."

„Den kannst du dir ausleihen."

„Ich kann meinen von zu Hause holen."

„Zu viel Aufwand." Er streckte die Arme in die Höhe und dehnte sich.

Ich sah mich um. Frauen standen bis zu den Hüften im Wasser und plauderten miteinander. Ein Junge weinte. Einige Mädchen mit langen Haaren saßen auf dem Mäuerchen des Strandbads und ließen die Beine baumeln. Über dem Eingang stand in goldenen Lettern SAVOIA.

Wir lösten unsere Eintrittskarten und gingen durch den salzverkrusteten betonierten Gang. Auf der einen Seite das tiefblaue Meer, auf der anderen eine Reihe grün gestrichener Kabinen. Der Bagnino kam, kontrollierte unsere Eintrittskarten und verschwand wieder, um uns Badesachen zu holen.

„Was für ein Gestank!", rief ich, als ich den Desinfektionsmittelgeruch wahrnahm.

„Ich mag das. Es erinnert mich an meine Kindheit, ich war mit Mama oft zum Schwimmen hier. Sie saß immer da hinten, siehst du, auf einem der Liegestühle. Ich hatte Spaß, die Treppen rauf und runter zu rennen. Damals roch es immer so."

Ein blondes Mädchen winkte ihm vom Wasser aus zu. Armando verzog das Gesicht.

„Meine Freunde sind alles Idioten", sagte er und kniff die Augen zusammen. Das gleißende Sonnenlicht blendete und drang überallhin, es trocknete die Körper der Badenden und den Boden. Zwischen den Füßen der Besucher glitzerten Salzkristalle. Es war so heiß, dass ich am Hals das Blut in den Adern pochen spüren konnte.

Wir setzten uns auf das Mäuerchen und starrten ins hellgrün schimmernde Wasser. Hin und wieder hörte man Schreie und lautes Lachen und ich zuckte zusammen. Der Bagnino kam mit einem Stapel Badesachen zurück. Er war klein und hager, hatte einen rötlichen Oberlippenbart und seine Augen hatten die gleiche Farbe wie das Meer. Durch das gelbe Oberteil glänzte die von der Sonne ausgetrocknete Haut. Er musterte uns gleichgültig.

„Passt der?", fragte er und hielt mir einen schwarzen Badeanzug hin.

„Ich glaube, er ist zu klein", antwortete ich, seine monotone Stimme schüchterte mich ein.

„Dann dürfte der perfekt sein", erwiderte er und zog einen zweiten aus dem Stapel.

„Ich denke ja."

Er hielt ihn mir hin und starrte mir dabei in den Ausschnitt.

„Und für mich?", fragte Armando.

„Für dich das Übliche", antwortete er mit komplizenhaftem Lächeln.

Armando bezahlte und schickte ihn weg.

„Hast du Durst?"

„Nein", antwortete ich. Der Badeanzug in meiner Hand war mir zuwider.

„Findest du ihn hässlich?"

„Nein."

„Na, dann zieh dich um."

„Soll ich zuerst?"

„Geh schon." Er grinste.

Ich ging in die Kabine und suchte nach dem Schlüssel, aber es gab keinen. Ich spähte durch den Schlitz zwischen zwei Holzbrettern und erkannte die grüne Wand der Nachbarkabine.

Armando drückte die Tür auf. In der Kabine war es heiß und feucht und eng. An der Wand gab es zwei Garderobenhaken, davor stand eine Bank.

„Was willst du?"

„Zieh dich aus", drängte er.

Ich zog mein Kleid aus, hielt die Luft an und blieb unbeweglich stehen.

„Bist du fertig?" Er schaute mir zum ersten Mal in die Augen und lächelte. Ich zog auch den Rest aus und wartete darauf, dass etwas Bedeutendes passieren würde.

„Dreh dich um", flüsterte er.

Ich drehte mich um. Er atmete schwer und bewegte sich hastig. Ich senkte den Blick und sah durch den Schlitz zwischen den Bodenplatten das gelbgrüne Meer.

„Dreh dich um", wiederholte er. Ich gehorchte.

„Dreh dich um." Er war blass und zitterte.

„Was hast du?"

Er starrte mich mit großen leeren Augen an.

„Was ist los?" Ich ging näher, um ihm zu helfen, aber er schob mich von sich weg. Mit hektischen Bewegungen zog er sich um, stand auf und verließ wortlos die Kabine.

Ich setzte mich auf die Bank und schaute durch den Schlitz über dem Boden wieder aufs Meer.

Ich wollte nicht nach draußen. Der Bagnino klopfte diskret an die Kabinentür.

„Geht es Ihnen nicht gut?"

„Es ist alles in Ordnung, es geht mir gut." Ich hörte das Geräusch seiner nassen Füße auf dem Betonboden. Er verschwand, dann kam er noch mal wieder.

„Der junge Signor Pompei ist schon im Wasser", rief er mir mit spöttischem Unterton zu.

„Ich komme jetzt raus", antwortete ich, um ihn endlich loszuwerden.

Ich zog den ausgebleichten Badeanzug an, der voller Sand war. Ich fühlte mich wie eine andere. Ich öffnete die Tür und hielt inne, das vom Wasser reflektierte Sonnenlicht blendete mich. Zwei munter plaudernde Mädchen kamen mir entgegen, ich hatte das Gefühl, sie zu kennen. Sie schauten mich einen Moment an, sagten aber nichts und gingen weiter. Meine Augen schmerzten vom grellen Licht. Das war die Freiheit, auf die ich all die Jahre hinter den Mauern des Internats gewartet hatte. Bei den Schwestern hatte ich das Gefühl für Zeit verloren. Zeit war für sie

45

nicht wichtig. Jeden Morgen gingen sie fröstelnd, mit geschwollenen Augen und schlecht gelaunt zur Messe. Sonntags stand ich hinter der Orgel und sang. Vor mir spielte Schwester Guglielma mit ihren knotigen Fingern das Harmonium und war von ihrer Musik tief bewegt. Durch die angelehnten Fenster drangen der Geruch der regennassen Straße und der Lärm der vorbeifahrenden Autos herein. So hatte ich mir das Meer vorgestellt, vielleicht nicht ganz so grell und weniger gewaltig. Ich hatte mir vorgestellt, so lange laufen zu können, wie ich wollte, ohne die gedämpften Schritte der Schwestern in ihren Filzpantoffeln zu hören, ohne ihre Hände im Nacken zu spüren, wenn sie „mein Kind" zu mir sagten ...

Ich stützte mich auf das Mäuerchen und beugte mich über das Wasser. Nachdem ich mich an das grelle Licht gewöhnt hatte, hielt ich Ausschau nach Armando. Er schwamm ganz in der Nähe, mit gerunzelter Stirn und eingezogenem tropfnassen Kopf zwischen den knochigen, pickligen Schultern.

Am Ende des Gangs sonnte sich eine Frau, ihren Strohhut hatte sie schützend über die Augen gezogen. Der Bagnino entdeckte mich und nickte mir freundlich zu.

Etwa zwei Meter oberhalb von mir lehnten zwei elegante Herren am Geländer des Restaurants und unterhielten sich. Sie klopften die Asche ihrer Zigaretten ab, die sich wirbelnd auf der Wasseroberfläche verteilte.

„Ciao", rief der eine und winkte. Ich drehte den Kopf weg. Der andere flüsterte ihm etwas ins Ohr und beide lachten, dass sich ihre Ellbogen auf dem Geländer hin und her bewegten.

„Allein hier?", fragte der eine und starrte auf meine Brust.

„Ja", antwortete ich.

Er gab mir mit Gesten zu verstehen, dass er nach unten kommen und mich abholen würde. Der andere schüttelte den Kopf und warf mir Kusshändchen zu. Ich suchte im Wasser nach Armando, der stur und in sich gekehrt weiterschwamm. Dann wandte ich mich um und ging dem Herrn aus dem Restaurant entgegen, der in seinen eng anliegenden Hosen langsam auf mich zukam und mich von oben bis unten musterte.

„Wie alt bist du?", fragte er, als er mich erreicht und nach meiner Hand gegriffen hatte.

„Vierzehn."

„Von oben habe ich dich für älter gehalten, du siehst aus wie ein Schulmädchen. Gestatten", er verbeugte sich galant, „Gioacchino Scanno. Das dort oben ist mein Cousin Giuseppe Scanno. Ich bin der Jüngere von uns beiden", erklärte er. Scanno Nummer zwei verbeugte sich ebenfalls und verzog sein faltiges Gesicht zu einem höflichen Lächeln. „Dürfen wir Sie zum Frühstück einladen?", fragte er zögernd und drückte meine Hände.

„Ich muss mich umziehen", wich ich aus.

„Warum? Sie sehen sehr hübsch aus, so wie Sie sind."

„Man darf das Restaurant nicht in Badebekleidung betreten."

„Wenn es weiter nichts ist, das lässt sich rasch in Ordnung bringen." Er blickte nach oben. „Giuseppe, leg doch beim Chef ein gutes Wort für dieses hübsche Mädchen ein."

„Mir wird kalt werden", gab ich zu bedenken, obwohl ich entschlossen war, im Badeanzug nach oben zu gehen.

„Ein Glas Wein wird Sie wärmen", sagte er und zog mich sanft auf die andere Seite des Gangs.

Ich folgte ihm und spürte die Wärme des Betonbodens unter den Füßen.

Wir betraten das Restaurant, ein paar sonnengebräunte Damen sahen mir neugierig nach. Der Restaurantbesitzer kam schweigend auf uns zu, auf seinen vollen Lippen lag ein zuvorkommendes Lächeln. Er verbeugte sich und griff nach den Geldscheinen, die ihm mein neuer Freund mit einer höflichen Geste entgegenstreckte.

Meine offenen Haare kitzelten auf den nackten Schultern. Ich schüttelte sie.

„Sie sehen aus wie ein Püppchen", sagte Giuseppe Scanno, als ich ihm die Hand hinhielt. Scanno der Erste ließ einen Tisch auf der Terrasse decken. Scanno der Zweite sprach über die Schönheit des Meeres und das Leben der Fische, über das er sehr viel wusste.

„Halb nackt, mit im Wind flatternden Haaren, du könntest eine Meerjungfrau sein", sagte Scanno der Zweite mit aufgesetztem Lächeln.

Scanno der Erste war wohlgenährt und selbstsicherer als sein Cousin. Er bestellte, plauderte, lächelte, ganz so, als ob ich zu ihm gehören würde. Scanno der Zweite wirkte hingegen verlegen. Er hatte helle durchscheinende Hände, tiefe Falten im Gesicht und klare Augen.

„Wie kommt es, dass du allein hier bist?", fragte Scanno der Erste und goss Wein in die Gläser. „Magst du Meeresfrüchte?"

„Lass uns nicht über Verwandte und ähnlich langweilige Dinge sprechen, solange sie hier ist", bat Scanno der Zweite und legte mir eine Hand auf den nackten Arm.

„Einverstanden. Deinen Namen möchte ich aber doch gerne wissen. Wie heißt du?"

„Anna."

Scanno der Zweite sah mich zärtlich an. „Wenn du sprichst, wirkst du wie ein kleines Mädchen", sagte er und schlürfte eine Muschel aus.

Der Restaurantbesitzer kam und fragte, ob alles nach unseren Wünschen sei.

„Was meint das Mädchen?"

Ich neigte den Kopf und antwortete nicht. Scanno der Zweite schaute in Richtung Meer.

„Da ist ein Kriegsschiff", sagte er und biss ein großes Stück Brot ab.

„Ach was, siehst du nicht, dass es ein Öltanker ist? Niedrig gebaut, mit breiten Flanken, das Gegenteil dieses Mädchens hier", meinte sein Cousin, dabei verschlang er mich mit Blicken und wischte sich den Mund mit der Serviette ab. Er lachte zufrieden.

„Es heißt, dass sie gestern Messina eingenommen haben", fuhr Scanno der Zweite fort, dabei seufzte er und schlug die Augen nieder.

„Und wegen dieser Kleinigkeit machst du dir Sorgen?", erwiderte Scanno der Erste. „Wir sind hier, um zu kämpfen. Wir sind hier, um dieses Land zu verteidigen. Aber lass uns nicht von Politik sprechen, sonst verschlucke ich mich noch an einer Gräte. Langweilst du dich?", fragte er und kam mir ziemlich nah.

„Nein."

„Mehr Wein. Schenk mir bitte nach und gib mir den Pfeffer."

„Dieses Meer macht mich melancholisch, diese Schönheit, diese Stärke", jammerte Scanno der Zweite.

„Hör auf mit dem Gejammer und halte dich beim Wein zurück. Schau nur, wie ihre Augen leuchten." Beide beobachteten mich schweigend. Vielleicht waren sie zum ersten Mal neugierig auf das, was ich von ihnen dachte.

„Lachst du denn nie?"

„Lass sie in Ruhe. Wenn sie noch mehr trinkt, wird ihr übel. Wo wohnst du?"

„Da", ich deutete in Richtung unseres Hauses und erkannte ein Stück Strand, die wimmelnde Menschenmenge, die Sonnenschirme, die Boote. Wer weiß, wo Nina gerade ist, sinnierte ich und suchte mit den Augen das Meer ab.

„Was macht dein Vater eigentlich?", fragte Scanno der Erste und strich mir mit seiner feuchten Hand sanft über die Schulter.

„Wir haben doch ausgemacht, nicht über Familiäres zu sprechen", erinnerte ihn Scanno der Zweite und fuhr sich mit der Zunge über die Lippen.

Dann schwiegen wir und entgräteten unseren Fisch. Unvermittelt verkündete Scanno der Zweite, der Fisch stamme aus Ancona.

„Warum?"

„Hier kommt er nicht vor", antwortete er geduldig, die Augen auf das weiße faserige Fleisch gerichtet, das er sorgfältig zerlegte.

„Warum?" Ich ließ nicht locker.

„Es ist ein Hochseefisch. Er lebt in großer Tiefe, in kalten Strömungen."

„Warum?", wiederholte ich noch einmal. Hinter ihm erkannte ich den Horizont, der immer verschwommener und dichter wurde. Das Meer sah aus wie schwarze Tinte und war ganz still. Scanno der Zweite sah mich erstaunt an und schloss kurz die geröteten Augen.

„Ich ertrage die ganze Fragerei nicht", sagte er aufgebracht und steckte sich ein Stück Fisch in den Mund.

„Wenn es dir nicht passt, kannst du ja gehen", sagte sein Cousin und trank große Schlucke Weißwein.

„Sie ist wie meine Tochter, ganz genau wie sie. Diese Fragerei macht mich nervös. Das ist keine Neugier, gewiss nicht. Sie will dich provozieren. Dich mürbe machen."

„Du hast doch selbst gesagt, dass sie ein Kind ist, genau wie deine Tochter. Nur dass deine Tochter in der Obhut eines deutschen Kindermädchens ist, Anna aber ist allein. Wenn du alles verderben willst, solltest du besser gehen."

„So war es nicht gemeint. Du weißt doch, woran ich ununterbrochen denken muss. Ich habe Angst wegen Sizilien. Dort liegt unser gesamter Grundbesitz. Wie wird das weitergehen mit den Alliierten?"

„Na wie wohl? Wir werden kämpfen. Sie werden abwarten, sich langweilen und irgendwann wieder abziehen. Dein Land interessiert sie nicht. Lass uns in Ruhe essen."

Scanno der Zweite aß schweigend seinen Fisch, ab und zu schüttelte er leicht den Kopf und goss Wein nach.

Der Besitzer brachte den Salat an den Tisch, räumte die dreckigen Teller ab und servierte mit Rum flambierte Bananen.

„Willst du noch etwas?"

Scanno der Erste legte eine goldgelbe, mit einer warmen Zuckerkruste überzogene Banane auf meinen Teller. Ich nickte. Er legte eine zweite daneben und lachte über meinen großen Appetit.

Sein Cousin klagte plötzlich über schreckliche Kopfschmerzen.

„Mach dir doch den Gürtel auf", riet ihm sein Cousin in freundlichem Ton.

„Das habe ich schon."

„Du hast zu viel getrunken, rauch eine Zigarette, das wird dir guttun."

„Der Schmerz sitzt hier", er deutete auf seine durchscheinend wirkende Schläfe.

„Du wirst zu viel gegessen haben."

„Ein Kaffee wird mir guttun, auch wenn es nur ein Malzkaffee ist. Herr Ober!", rief er mit lauter Stimme.

Der Oberkellner eilte herbei und verbeugte sich. Scanno der Erste spreizte drei Finger und sagte: „Drei." Dabei musste er husten.

Der Kellner entfernte sich, wir warteten schweigend. Scanno der Erste unterdrückte hinter vorgehaltener Hand ein paar Rülpser. Scanno der Zweite stocherte mit einem Zahnstocher zwischen den Zähnen herum. Nach einer Weile kehrte der Kellner mit drei dampfenden Tassen Kaffee zurück.

„Was für eine Brühe", maulte Scanno der Zweite und blähte die Nasenflügel. Mit den nach unten gezogenen Mundwinkeln und den hervorstehenden und vom Kaffee braun gefärbten, eng stehenden Zähnen erinnerte er mich an einen Fisch mit zuckenden Flossen. „Zichorie", sagte er angewidert, nachdem er den ersten Schluck genommen hatte.

Scanno der Erste streckte sich und gähnte. Er gab zwei, drei Löffel Zucker in seine Tasse und kippte das Gebräu in einem Zug hinunter. Dann schnalzte er mit der Zunge. „Verdammt", sagte er und schob die Tasse von sich.

Ich zitterte vor Kälte. Allein der Anblick des Meeres ließ mich frösteln.

„Ist dir kalt, Annuccia?"

„Nein", erwiderte ich störrisch.

„Aber du zitterst doch!" Er legte seinen Arm um meine Schultern, seine Finger strichen mir über das Ohr. Er wirkte gut gelaunt und zufrieden. „Die Sonne scheint und du zitterst vor Kälte. Das liegt an der Verdauung. Herr Ober", rief er und der Mann mit der weißen Jacke schlurfte heran, sein Gesicht strahlte Ergebenheit aus. „Gehen Sie nach unten, in die Kabine Nummer …?" Er sah mich fragend an.

„Vierzehn", sagte ich.

„Lassen Sie sich das Kleid dieser jungen Dame geben. Und beeilen Sie sich", rief er ihm nach. „Was für ein Idiot!", bemerkte er, lachte und sog die Luft durch die Zähne ein.

Der Kellner beschleunigte seine Schritte, dann verfiel er wieder in den üblichen Trott.

„Wie gut das Meer riecht", sagte Scanno der Zweite und atmete tief durch.

„Hast du keine Schmerzen mehr?", fragte sein Cousin fürsorglich.

„Doch, aber nur leichte", antwortete er missmutig. „Wer ist das denn?" Wir drehten uns um und sahen den Kellner, der einen unbeholfen wirkenden jungen Mann im Schlepptau hatte. Er rauchte und sah sich unsicher um. Es war Armando.

„Was machst du denn hier, du dumme Kuh? Wir gehen nach Hause", schimpfte er und packte mich im Nacken. Ich stand auf. Scanno der Erste zog die Augenbrauen hoch.

„Was will dieser Trottel denn hier?", fragte er den Kellner, der nur mit den Schultern zuckte und schwieg.

„Ich bin ihr Cousin!", rief Armando. „Ich bin ihr Cousin und soll sie nach Hause bringen." Die Zigarette war ihm aus den Lippen gerutscht und seine Stimme klang schrill, er schien sich unsicher zu fühlen.

„Ist das wirklich dein Cousin?", fragte Scanno der Erste. „Ja."

Armando seufzte. Scanno der Zweite verzog das Gesicht.

„Hier habe ich das Sagen." Scanno der Erste sprang auf. Armando wäre fast in Tränen ausgebrochen, so wütend war er. „Du kannst deine Cousine mitnehmen, wann immer du willst. Ich lasse mir nicht nachsagen, dass ich minderjährigen Mädchen nachstelle. Aber vorher habe ich ihr noch etwas zu sagen. Unter vier Augen. Und wenn dir das nicht passt, lasse ich dich rausschmeißen. So eine Unverschämtheit."

Er zog mich auf den hinteren Teil der Terrasse, küsste mich aufs Ohr und sagte, dass ich ihm gefallen würde. Es würde ihm das Herz brechen, wenn ich ihn nicht noch am gleichen Tag besuchen würde.

„Hier ist meine Adresse. Steck sie dir in den Ausschnitt. Zeige sie niemandem, vor allem nicht deinem dämlichen Cousin. Wie heißt er eigentlich? Egal. Wenn du kommst, wartet ein Geschenk auf dich. Eine Überraschung. Hast du Lust?" Ohne eine Antwort abzuwarten, führte er mich an den Tisch zurück.

5

„Was wollten diese Kerle von dir?", fragte Armando wütend und kickte mit dem Fuß gegen einen Haufen Seetang. „Diese Leute sind verkommen. Hast du nicht gemerkt, wie alt die beiden sind? Der eine ist mit seinen Kräften am Ende, der andere ist noch besser in Form, aber unverschämt und anmaßend. Wie der mich behandelt hat!", sagte er empört und trat gegen ein imaginäres Hindernis. „Ich habe nach dir gesucht, verstehst du? Weißt du das eigentlich? Ich war allein im Wasser, dann habe ich mich hingelegt und auf dich gewartet. Ich dachte, du hättest dich in der Kabine eingeschlossen und wolltest nicht rauskommen."

„Sie sind Cousins. Der eine heißt Giuseppe Scanno und der andere Gioacchino Scanno", sagte ich und versuchte mir ihre Gesichter vorzustellen, um nach Ähnlichkeiten zu suchen. „Aber ähnlich sehen sie sich nicht."

„Sie sind hässlich, alt und hässlich, Anna. Du glaubst, sie wären nett, weil sie dich zum Essen einladen, aber dir ist nicht klar, dass sie das nur machen, um dich ins Bett zu kriegen."

Ich blieb stehen und leerte den Sand aus meinem Schuh.

„Ist der Krieg zu Ende?", fragte ich.

„Nein. Wie es aussieht, werden die Alliierten hier in der Gegend landen. Wir sind alle verloren."

„Warum?"

„Mein Vater muss fliehen, die Partisanen wollen ihn umbringen. Und dein Vater wird seine Arbeit und sein Einkommen verlieren."

Ich sah Mumuris entschlossenes Gesicht vor mir, vor allem morgens, wenn er aufstand und sich die tränenden Augen rieb, die tiefen Augenringe. Nein, mein Vater wird das Geschäft übernehmen und das Haus bekommen, wollte ich erwidern, konnte mich aber gerade noch rechtzeitig zurückhalten.

„Kommst du morgen mit mir ins Strandbad?" Armando griff mit seinen nikotingelben Fingern nach meinem Handgelenk.

„Ich möchte Boot fahren", sagte ich und stellte mir dabei Nina vor, wie sie auf dem Rücken ausgestreckt auf dem Bootsboden lag und ihre Füße im Wasser baumeln ließ, die Haare vor den Augen, während der Mann ruderte und die nackten Fersen kraftvoll gegen das Holz stemmte.

„Ein Boot zu mieten ist teuer", brummelte er, dann überlegte er und fuhr fort: „Ich werde geizig, genau wie mein Vater. Widerlich. Wir werden Boot fahren."

Zu Hause wartete Signor Pompeo in Shorts, der besorgt auf und ab lief. Er hob die Arme gen Himmel.

„Wo seid ihr nur gewesen, ihr Streuner?"

„Im Strandbad, Papa."

„Nina ist vor einer Stunde dort gewesen und hat euch gesucht, aber nicht gefunden. Wart ihr etwa die ganze Zeit im Wasser? Ihr seid bestimmt völlig aufgeweicht. Jetzt ist das Mittagessen kalt und Nina ist mit etwas anderem beschäftigt."

„Ich habe keinen Hunger", sagte Armando und vermied, seinem Vater ins Gesicht zu sehen.

„Und du, Anna?"

„Ich auch nicht", antwortete ich und zuckte zusammen.

Giovanni rannte auf mich zu und zeigte mir stolz eine Schachtel mit Zinnsoldaten.

„Schau nur, Anna, sie schießen, wie im richtigen Krieg."

Nina öffnete die Tür. Sie war im Unterrock und trällerte vor sich hin.

„Ach, du bist das." Sie tänzelte auf ihren bloßen Füßen. „Hast du Hunger?", fragte sie und rubbelte sich die Haare mit einem Frotteehandtuch trocken.

„Nein, ich bin müde."

„Dann geht schlafen, du hast ja sowieso nichts zu tun." Sie hielt inne und musterte mich durch ihre noch feuchten, strubbeligen Haare. „Armando läuft dir nach, was?" Sie lachte und wartete auf eine Antwort. Ich zuckte mit den Schultern. „Ein hochmütiger Junge", fuhr sie fort, „der seine Marotten hat. Hat er dich gefragt, ob du dich vor ihm ausziehst?"

Ich ließ mich erschöpft aufs Bett sinken.

„Woher weißt du das?", fragte ich wider Willen.

„Siehst du, ich habe es gewusst. Er versucht es bei jeder. Eines Tages habe ich ihn vor dem Badfenster erwischt, als er mich beobachtet hat. Ich habe ihn gelassen. Es hat mich amüsiert, wie er immer blasser, immer hektischer wurde, als ob er sich immer weiter hochdrehen würde. Er ist ein Dreckschwein."

Ich drehte das Gesicht zur Wand und ließ sie reden. Dann verließ sie das Zimmer, das weiße Handtuch um den Kopf geschlungen, und trällerte weiter.

Ich schlief ein paar Stunden, wenn eine Tür zugeschlagen oder ein Stuhl gerückt wurde, wachte ich zwischendurch kurz auf. Giovanni kam ins Zimmer, holte sich etwas und rief, ich sei eine Schlafmütze, dann ging er wieder und knallte mit dem Fuß die Tür zu.

Als ich das Geräusch von Mumuris Motorrad hörte, erinnerte ich mich daran, dass Samstag war.

Nina ging ihm entgegen, die Haare hatte sie auf metallene Lockenwickler gedreht. Papa drückte sie an sich.

„Ich muss dringend aufs Klo", sagte er und lächelte breit, „du kannst dir gar nicht vorstellen, was heute in Rom los war. Es gibt nur ein Thema, die Landung der

Alliierten bei Salerno. Die Deutschen werden immer grausamer. Sie holen die Männer und bringen sie nach Deutschland. Zum Glück habe ich gute Kontakte, sonst wäre ich auch dran. Aber manchmal denke ich, dass es mich eines Tages doch noch erwischen wird. Das wäre ein ganz schöner Schlag. Was meinst du?"

Nina küsste ihn als Antwort aufs Kinn und schmiegte sich an ihn.

Ich beobachtete die beiden durch das angelehnte Fenster und hörte, wie Papa nach Giovanni und mir fragte. „Sie sind zu Hause", antwortete Nina ausweichend, während Mumuri ihr mit der behandschuhten Hand an die Brust griff.

„Jetzt muss ich aber wirklich, es pressiert. Meine liebe Nina, ich bin völlig erledigt. Und Pompeo? Weiß er von der Landung? Die Nachricht, dass die Alliierten vorstoßen und nicht zurückweichen, wird ihm auf die Leber schlagen. Jetzt wird es ernst. Die Deutschen behandeln uns als Verräter, sie trauen niemandem mehr. Das ist eine ernste Sache, verflucht."

Er ging ins Haus und schloss sich im Bad ein. Nina begann den Tisch zu decken.

„Hast du Hunger, mein Schatz?", rief sie.

„Und wie!", antwortete er durch die geschlossene Tür. Dann zog er die Spülung. „Ruf Giovanni und Anna. Ich will sie sehen."

Nina ging nach draußen und rief mehrmals nach Giovanni, allerdings nicht gerade laut.

Ich kämmte mich und zog ein sauberes Kleid an. Als ich das Zimmer verließ, stieß ich fast mit Mumuri zusammen, der an den frisch gewaschenen Händen roch.

„Da bist du ja. Gib mir einen Kuss. Dein Papa ist müde. Leider können wir heute Abend nicht ins Kino gehen, wie ich es versprochen habe. Im Dorf ist sowieso der Strom ausgefallen."

Nina lehnte am Türpfosten, sie wirkte enttäuscht darüber, dass der Kinobesuch ausfiel.

„Immer die gleiche Leier. Wenn du heimkommst, bist du müde und alle müssen zu Hause bleiben und dir Gesellschaft leisten."

„Wir können eine Partie Poker mit Mary und Pompeo spielen. Wie gesagt, im Dorf ist der Strom ausgefallen, da läuft heute kein Film. Das hat nichts mit mir zu tun."

Als sie sah, dass Mumuri ihr ein Geschenk mitgebracht hatte, hellte sich ihre Miene sofort auf. Sie riss ungeduldig das Paket auf und jauchzte vor Freude, als sie einen schwarzen Unterrock mit gelber Spitze vor sich hielt.

„Gefällt er dir?"

Nina umarmte ihn. Mumuri riss sich mir zuliebe zusammen, er wusste, dass ich sie beobachtete. Ich bot an, nach Giovanni zu suchen.

Ich rannte nach draußen und wäre fast die Treppe hinuntergefallen. Man sah den Himmel, die Bäume, das Meer in der Ferne, alles war in ein diffuses lila Licht getaucht, das die Konturen verschwimmen ließ.

„Giovanni …", rief ich und formte meine Hände zu einem Trichter. Ich suchte zwischen den Bäumen und fand ihn an einen Stamm gefesselt, halb nackt und blass vor Kälte. Er weinte.

„Giovanni!"

Er hob sein von Tränen und Erde verschmiertes Gesicht.

„Sie haben mich festgebunden", sagte er erleichtert. Er war froh, dass ich da war.

„Wer war das?", fragte ich und betrachtete seine heruntergelassene Hose, den weißen, aufgeblähten Bauch und die gekrümmten Beine.

„Eros, Pica … Carlo war auch dabei. Aber er hat nur zugesehen. Sie haben mich ausgezogen, weil ich nicht mit ihnen spielen wollte, sie sind zu dritt auf mich gesprungen und haben mich an den Baum gefesselt. Nur so aus Spaß. Dann wollten sie mich wieder losbinden, aber es ging nicht und sie sind abgehauen. Morgen murkse ich sie ab, so wahr es einen Gott gibt", fügte er mit den gleichen Worten hinzu, die Mumuri gebrauchte, wenn er auf jemanden wütend war.

„Komm, es gibt Essen. Mumuri ist aus Rom zurück."

„Ich habe Riesenhunger", sagte er, während ich ihn losband und ihm beim Anziehen half.

Schweigend gingen wir nach Hause, mit raschen Schritten und dem Gefühl, vom Meer verfolgt zu werden.

„Warst du mit Armando im Strandbad?“, fragte er plötzlich und starrte auf meine mit Schnittwunden bedeckten Hände.

„Ja.“

„Armando ist wie Mumuri. Er wird erst wütend und dann lacht er.“

„Papa schon. Armando verzweifelt manchmal.“

„Warum?“

„Ich weiß es nicht.“

„Gehen wir nach Rom zurück, wenn der Krieg vorbei ist?“

„Armando sagt, er geht nicht vorbei.“

„Dann gehen wir auch nicht wieder zurück.“

„Wer weiß.“

„Heute sind die Flugzeuge ganz tief übers Meer geflogen. Mit über dreihundert Kilometern in der Stunde. Es muss toll sein, am Steuer zu sitzen.“

„Eines Tages fliegen wir auch mit einem Flugzeug, du und ich.“

„Mit den Deutschen?“

„Ja.“

„Kann man sich im Flugzeug unterhalten?“

„Nein, da ist es zu laut. Vielleicht reden sie mit den Händen, wie die Stummen.“

„Hätte Nina Angst zu fliegen?"

„Nein."

„Hätte Signor Pompeo Angst zu fliegen?"

„Er schon. Er kann nicht mit den Händen reden."

„Und hätte Armando Angst? Und Signora Mary?"

„Bei ihm weiß ich es nicht. Signora Mary kann nicht schwimmen. Sie würde schreien. Armando würde eine Zigarette rauchen und sich dann übergeben."

„Hast du schon mal geraucht?"

„Schon ganz oft, heimlich in der Schule."

„Ich habe es probiert, Pica hat es mir gezeigt. Es schmeckt verbrannt."

„Papa raucht."

„Nina raucht."

„Armando raucht mehr."

„Pompeo raucht."

„Mary raucht."

„Alle rauchen. Was ist Schnupftabak?"

„Tabak ohne Papier."

Wir blieben eine Weile vor dem Haus stehen, von dem ein einladender Lichtschein ausging.

„Ich habe wirklich Hunger."

„Ich auch."

Papa empfing uns gähnend und kühl.

„Ich komme nach einer Woche von der Arbeit nach Hause und niemand ist da, um mich zu empfangen, was ist das für ein Benehmen?" Er gab Giovanni einen Klaps auf die Wange, dann zog er ihn zärtlich an sich. Mich schaute er lange mit glänzenden, von der Müdigkeit geröteten Augen an. „Wir sind ganz schön braun geworden, was? Gut, das gefällt mir. Du wirst voller und hübscher, dreh dich mal. Was sagst du dazu, Nina?"

Nina drehte sich nicht mal um und antwortete irgendetwas. Sie begann wieder zu singen. Giovanni ging sich die Hände waschen.

„Beeilen wir uns, die Pompeis kommen bald runter", ermahnte uns Mumuri. Nina gab die Pasta fritta auf die Teller und verteilte das Schwarzbrot.

„Wie lange müssen wir uns noch mit diesem Fraß begnügen?", schimpfte Papa. Und ich musste an den Fisch von heute Mittag denken, ohne mich an den Geschmack erinnern zu können.

Wir aßen rasch, mit dem Blick auf die Uhr. Nina wirkte fahrig und unaufmerksam, Papa müde und hungrig. Während Giovanni einen Apfel schälte, hörten wir Signora Mary mit schriller Stimme fragen, ob wir fertig wären.

„Wir sind so weit", antwortete Mumuri mit vollem Mund und machte Anstalten aufzustehen.

„Wir kommen in ein paar Minuten runter. Vergesst den Wermut, heute Abend bringen wir echten Cognac mit." Man hörte ein dumpfes Geräusch und langsame Schritte.

„Das nenne ich Luxus", meinte Papa.

Nina räumte eilig den Tisch ab und ich half ihr dabei. Giovanni ging ins Bett, ohne Gute Nacht zu sagen. Mumuri rief ihn zurück und nahm ihn fest in den Arm.

„Hast du deinen Papa lieb?", fragte er und pustete ihm ins Ohr. Das kitzelte und Giovanni lachte.

„Ja", sagte er leise und rannte dann in unser Zimmer.

„Ist es erlaubt?", säuselte Signora Mary von der Treppe.

„Nur herein", antwortete Mumuri und ging ihr entgegen.

Nina rückte die Stühle zurecht. Den Aschenbecher, die Karten und den Notizblock mit dem roten und blauen Stift legte sie auf den Tisch.

Signora Mary betrat den Raum. Sie trug ein pflaumenfarbenes Taftkleid mit großzügigem Dekolleté und Perlenschnüre, um die runzlige Haut auf ihrer Brust zu kaschieren. Der dunkle Spalt zwischen ihren Brüsten ließ mich an meine Mutter denken, als sie starb, war ich kaum älter als drei. Wie mich ihr Körper umfangen, wie sie mich auf den Schoß genommen und mich an ihrer Brust genährt hatte. Wenn sie lachte, spürte ich die Brustwarze zwischen meinen Zähnen zittern. Und ich dachte an ihren umwickelten, aufgeblähten Leib und die starken Hände, die mich in die Wanne mit lauwarmem Wasser tauchten. Aber vielleicht war das auch nur ein Traum, den ich schon mehrere Male geträumt hatte.

Signora Mary ließ sich auf einen Stuhl fallen, dichtes gelocktes Haar umrahmte das runde Gesicht. Sie war klein und machte einen hochmütigen Eindruck. Mit ihren maskulin wirkenden Händen griff sie nach den Karten. Kurz danach erschien ihr Mann, von einer Rauchwolke umhüllt. Er hatte eine Glatze, weit ausladende Hüften, seine breite Brust reichte ihm bis ans Kinn. Er bewegte sich träge und wirkte in sich gekehrt.

„Was kannst du mir berichten, Mumuri?"

„Wir sind hier, um Karten zu spielen, lass uns heute nicht über ernste Dinge sprechen", erwiderte Papa und versuchte das Thema zu wechseln, aus Sorge, die Nachricht von der Landung der Alliierten bei Salerno könnte ihnen den Abend verderben. „Was ist denn mit diesem französischen Cognac?"

„Kommt gleich. Armando bringt ihn mit. Ein edler Tropfen."

„Da bin ich mir sicher." Mumuri begann die Karten zu mischen, die Zigarette zwischen den Lippen eingeklemmt, die Augen zusammengekniffen.

„Du bist ein wahrer Zauberer", sagte Signora Mary und bewunderte seine schnellen, eleganten Handbewegungen.

Nina stand auf und holte die Gläser, damit sie später nicht noch mal den Tisch verlassen musste.

Signor Pompeo zog eine Karte aus dem Stapel: ein Ass. Die anderen zogen ebenfalls, zweimal die Zehn und ein Bube. Er gab.

„Armando könnte sich mal beeilen", schimpfte er und blätterte mit verschwitzten Fingern die Karten auf. Seine Frau lächelte. „Ich wette, Mary hat ein gutes Blatt. Sie kann nichts verbergen", fuhr er fort. Nina musterte sie.

Armando tauchte auf, er trug einen blauen Anzug und weiße Schuhe, die Haare hatte er mit Pomade nach hinten gekämmt und an seinem schmalen unbehaarten Handgelenk prangte eine goldene Uhr.

„Wo geht der feine Herr denn hin?", fragte Mumuri und betrachtete ihn amüsiert.

„Ins Savoia. Dort ist heute Abend Tanz."

„Was soll das denn?", fragte sein Vater beunruhigt. „Du hast gesagt, du bleibst zu Hause und spielst mit uns Karten."

„Ich habe keine Lust."

„Du hast es versprochen", sagte seine Mutter mit weinerlicher Stimme und streckte die Hand aus, um ihn zu streicheln.

„Ich hatte vergessen, dass heute Abend Tanz ist. Ich habe keine Lust, Karten zu spielen. Außerdem wartet man auf mich."

„Lasst ihn doch gehen. Er muss sich mit seiner Flamme treffen und mit ihr ausgehen", Mumuri lachte und zwinkerte ihm komplizenhaft zu, „vielleicht sind es auch zwei, was?"

Armando stellte die Flasche auf den Tisch und verließ ohne ein weiteres Wort das Haus.

„So eine Frechheit!" Signor Pompeo war sichtlich verärgert.

„Er wird eine Freundin haben, da hat er keine Lust, den Abend mit uns zu verbringen", verteidigte ihn Mumuri.

Signora Mary hatte ihre Karten aufgenommen, sie hatte eine gute Hand, das konnte man an ihrem Blick erkennen, ihre Augen glänzten verräterisch.

„Neue Karten?"

„Kein Bedarf", antwortete sie und schaute zu Nina.

Bei Nina dauerte es länger. Wenn sie an der Reihe war, brauchten die anderen Geduld, bis sie sich endlich entschieden hatte.

„Wie viele Karten?"

„Zwei. Nein, drei."

„Du wirst es nie lernen", schimpfte Mumuri und starrte auf ihre Brüste, die sich unter der schwarzen Samtbluse abzeichneten.

Ich legte den Kopf gegen die Wand und schlief ein.

6

Sonntag. Der Lärm der tief fliegenden Flugzeuge hatte mich früh geweckt. Signora Mary klagte, sie habe die ganze Nacht kein Auge zugetan.

Es war gegen acht. Im Internat war um diese Zeit die Messe bereits vorbei und der Unterricht begann. Wir stützten unsere Ellbogen auf die frisch gestrichenen Bänke. Es war noch dämmrig, durch die hoch liegenden Fenster drang nur spärliches Licht, und um Strom zu sparen, waren die Deckenlampen morgens ausgeschaltet. Der Ofen war angeheizt, aber er erlosch wieder und der Raum war voller Rauch. „Öffnet ein Fenster", rief die Schwester. Die grauen Vorhänge verdrehten sich und ein kalter Windstoß fuhr herein. Ich betastete mit den Fingern die Löcher in meinen Schuhsohlen. Wir trugen selbst gestrickte Socken, aus der Wolle, die für die Soldaten bestimmt war. Ungeduldig warteten wir auf das Heulen der Sirenen, damit wir die Bücher beiseitelegen und nach draußen rennen konnten. „Immer zu zweit, in einer Reihe!", schrie die Schwester aus vollem Hals, man sah, wie ihr die Adern am Hals anschwollen. Sie hatte die Hände zu Fäusten geballt und nieste. Wir flüchteten in das niedrige dunkle Kellergewölbe und stampften mit den Füßen auf den Boden, damit uns warm wurde. In den Ecken brannten tropfende Kerzen, daneben standen Körbe mit Kohlen, überall lag Mäusekot. Penetranter Gestank nach Moder und Urin schlug uns entgegen. Die Schwester lehnte an der Wand, sie atmete schwer. Wir lachten verstohlen und stießen uns in die Seite. Ich hörte im Bad das Wasser laufen. Es war Giovanni. Papa und Nina lagen noch im Bett. Morgens roch ihr Zimmer immer nach abgestandenem Rauch und dreckiger Wäsche. Mumuri bestand darauf, dass wir zu ihnen gingen, um Guten Morgen zu wünschen. Nina drehte sich auf die Seite, sie wollte die Augen nicht öffnen, die dunklen Locken klebten an der Stirn. Papa richtete sich mit nacktem Oberkörper auf und rieb sich die Augen, mitten auf der Brust sprießte ein Haarbüschel, über dem Gummizug der gestreiften Pyjamahose wölbten sich zwei Speckrollen. Giovanni zog an seinen Haaren, während Papa mit der Hand nach den Streichhölzern auf dem Schreibtisch tastete und sich eine Zigarette anzündete. Er gab sie an Nina weiter, die sich zu ihm beugte, mit geschlossenen Augen, dabei glitten die Träger über ihre Schultern. Mumuri küsste sie auf den Hals. Nina räkelte sich träge, ihre weißen Brüste quollen über den ausgeleierten Rand des roten Seidennachthemds. Giovanni quetschte sich zwischen die beiden und quengelte, ihm sei kalt. Mumuri kraulte ihm die zerzausten Locken und Nina zog ihn mütterlich an ihre Brust, einen Moment lang vergaß sie die Zigarette.

So war es auch an diesem Sonntag. Als ich ins Zimmer kam, unterhielten sie sich. Giovanni lag zwischen ihnen im Bett.

„Ich habe heute Morgen gehört, wie Mary sich beklagt hat", sagte Mumuri.

„Wie langweilig!", murmelte Nina.

„Sie sagte, sie hätte nicht schlafen können. Wer weiß, ob das stimmt."

„Sie haben ein schlechtes Gewissen", meinte Nina ernst und Papa nickte.

„Wann beginnt die letzte Messe?" Mumuri schaute auf die Uhr, es ärgerte ihn, so lange geschlafen zu haben.

„Um halb zwölf", Nina gähnte, „können wir die nicht mal ausfallen lassen?"

„Wir müssen hingehen. In diesen Zeiten ist es gut zu beten. Und was soll der Priester von uns denken, nach all dem, was Pompeo über uns erzählt hat?"

„Er war übrigens vor zwei Tagen hier."

„Was wollte er?"

„Das Haus segnen. Er war oben, aber nicht hier unten. Ehe ich michs versah, war er wieder weg, er ist abgehauen wie ein Hase."

„Warum? Weil wir nicht verheiratet sind?" Er drückte die Zigarette im Aschenbecher aus und verzog das Gesicht.

„Ich habe mich geschämt. Warum sie und ich nicht?"

„Ich sollte ihm mal vom Bürgermeister die Leviten lesen lassen."

„Giovanni, raus aus dem Bett und zieh dich an. Signora Mary kommt gleich runter, um zur Messe zu gehen. Ich muss mich beeilen, auf geht's!"

Giovanni kehrte kleinlaut in unser Zimmer zurück, ich folgte ihm. Papa und Nina gingen ins Bad, wir hörten, wie sie stritten.

Signora Mary kam herunter, in ihrem engen Rock wäre sie fast gestolpert. Sie hatte ihr Gesicht gepudert und trug ein hochgeschlossenes grünes Seidenkleid, einen grünen Hut, der wie ein Blätterhaufen wirkte, grüne Handschuhe und die üblichen Perlenschnüre um den Hals.

„Bist du fertig, Nina?"

Nina kam aus dem Bad und kämmte sich, ihre Wangen waren rosig, die Augen glänzten und sie hatte Lippenstift aufgelegt. Hinter ihr kam Mumuri und knotete die Krawatte, er hatte sich rasiert und duftete nach Nelken.

„Bist du fertig, mein Schatz? Und du, Giovanni?"

Giovanni sah aus wie eine Schaufensterpuppe. Er war gewaschen und Nina hatte ihm die Haare mit einem Klämmerchen auf einer Seite festgesteckt. Die Stirn wirkte noch weißer als sonst. Ich schaute ihn an und lachte. Er drehte sich beleidigt zu Nina um, die ihm den Nacken streichelte.

„Was für ein herrlicher Tag", sagte Mumuri und atmete tief durch.

„In der Tat", bekräftigte Mary und sog die Luft durch die gepuderte Nase ein. Signor Pompeo erreichte uns erst, als wir schon nahe der Kirche waren. Er war außer Atem.

„Und Armando?", fragte Mary überrascht, als sie ihn allein kommen sah.

„Ich habe ihn nicht aus dem Bett bekommen."

„Das wundert mich nicht. Er ist erst um drei Uhr morgens zu Hause gewesen."

„Wie schön ist die Jugend, die allzu schnell vergeht! Wer frohgemut sein will, der zög're nicht, was morgen sein wird, ist ungewiss", zitierte Mumuri voller Stolz über sein gutes Gedächtnis.

„Allerliebst", entgegnete Signora Mary.

Wir trafen auf eine Gruppe älterer Damen in festlicher Kleidung. Signora Mary hob grüßend die Hand im grünen Handschuh. Signor Pompeo lüftete zwei, drei Mal den Hut. Giovanni hatte die Hände hinter dem Rücken verschränkt und ging kerzengerade. Nina folgte langsam, den Blick zu Boden gerichtet.

Wir betraten das Mittelschiff der Kirche, das voller Gläubiger im Sonntagsstaat war. Es roch durchdringend nach Weihrauch. Plötzlich waren eilige Schritte zu hören.

Alle drehten sich zum Portal um, um zu sehen, wer die Nachzügler waren. Es waren die Scannos, Gioacchino und Giuseppe, mit reumütigem Gesichtsausduck. Bei ihrem Anblick zuckte ich zusammen. Sie hielten ihre Gebetbücher in den Händen. Gioacchino musterte mich, als würde er mich nicht erkennen. Er drehte den Kopf zur Seite und flüsterte Giuseppe etwas ins Ohr.

Wir knieten nieder, wir standen auf, wir setzten uns in die Bank, immer darauf bedacht, das Gleiche zu tun wie die anderen. Der Priester stieg auf die Kanzel und predigte mit sanfter Stimme über die Pflichten des guten Christen. Er sprach langsam, betonte jedes Wort. Die Gottesdienstbesucher langweilten sich und plauderten miteinander. Jemand atmete schwer. Der Priester sprach lauter und das Geflüster verstummte, aber nur für einen Moment, dann ging es weiter. Ein Kind begann im Arm der Mutter zu weinen. Alle wandten sich um. Der Priester schlug verärgert die Bibel zu und stieg resigniert die Stufen von der Kanzel hinunter.

Die Glocken läuteten. Zwei Messdiener schwenkten die Weihrauchgefäße, aus denen dichte Rauchschwaden quollen. Diesen bittersüßen Duft hatte ich zum ersten Mal im Internat gerochen. Aber dort sparten sie mit dem Weihrauch. Sie verbrannten immer nur ein einzelnes Körnchen. Ein schüchternes Wölkchen und das war's. Die Schwestern neigten die Köpfe und murmelten nicht enden wollende

Gebete. Danach versammelten sie sich im Flur und warteten darauf, dass sie das Refektorium betreten durften. Sie waren hungrig und schlecht gelaunt, ein falsches Wort genügte und sie regten sich auf. Wenn wir später alle an den Tischen saßen, kam die Schwester mit der eibefleckten weißen Schürze und dem Emaillekrug voll heißer Milch. Frohgemut teilten wir das Brot, brockten es in die dampfende Flüssigkeit und aßen mit großen Löffeln, die immer nach Ei rochen. Manchmal rann uns ein wenig Milch über das Kinn. Die Schwestern wollten alles über uns wissen, über unsere Familien, über Hochzeiten und Todesfälle. Sie falteten die schmalen Hände und taten so, als würden sie nichts von alledem begreifen. Für sie war alles Sünde, selbst aus dem Fenster schauen oder ein Sonnenbad nehmen. „Man hält beim Sprechen Abstand", tadelten sie, „man zeigt seine Arme nicht nackt. Man zeigt seine Beine nicht. Man reißt den Mund nicht zu weit auf, man lacht nicht so laut, man bleibt nicht so lange in der Badewanne, man lehnt sich nicht so weit aus dem Fenster …"

Beim *Ite, missa est* bekreuzigten sich alle, dann deuteten sie vor dem Altar einen Knicks an, gingen zum Portal, durch das staubgeschwängerte Licht ins Kircheninnere fiel. Ich verlor Nina und die anderen aus den Augen. Irgendwann spürte ich die Berührung eines anderen Körpers an meinem Rücken. Ich wandte mich um und sah in das Gesicht Scannos des Ersten.

„Ich warte heute auf dich", zischte er, dabei bewegte er kaum die Lippen und sah sich misstrauisch um. Er wollte noch etwas hinzufügen, wurde dann aber zur Seite geschoben und ich verlor ihn aus dem Blick. Seine Adresse hatte ich im Kopf. Ich dachte wieder an sein von feinen Adern durchzogenes, runzliges Gesicht und die hervorstehenden Augen.

Ich ging nach draußen und stieß auf das Ehepaar Pompei. Signor Pompeo blieb immer wieder stehen, um sich mit diesem oder jenem zu unterhalten, die Beine hüftbreit gespreizt, mit einem breiten Lächeln auf den Lippen. Signora Mary wartete geduldig. „Er kennt jeden, jetzt spricht er gerade mit dem Bürgermeister", flüsterte sie Nina voller Stolz ins Ohr. „Ein sehr zuvorkommender Mann, er würde Pompeo nie einen Gefallen ausschlagen, wenn er ihn darum bitten würde. Er hat uns sehr geholfen, als wir beschlossen hatten, hier unser Haus zu bauen."

Mumuri zündete sich eine Zigarette an und schaute aufs Meer. Pompeo kam zu seiner Frau zurück, dabei murmelte er vor sich hin. Dann deutete er anklagend auf Mumuri.

„Sie sind bei Salerno gelandet. Hast du das gewusst?"

„Ja, aber ...", setzte Papa zu einer Antwort an.

„Kein Aber. Warum hast du mir das nicht gestern Abend schon gesagt?" Er biss sich auf die Unterlippe, runzelte die Stirn und fluchte leise.

„Pompeo, ich bitte dich. Was ist denn los?", fragte seine Frau.

„Nichts ist los, jedenfalls nichts, was Frauen etwas angeht. Es ist nichts passiert, vergiss es wieder."

Signora Mary verstummte beleidigt. Nina nahm sie sanft am Arm. Papa rauchte und schaute auf den Boden.

Wie jeden Sonntag gingen wir nach der Messe in die Trattoria unweit unseres Hauses. Der Besitzer kam uns lächelnd entgegen und wischte sich die Hände an der Schürze ab.

„Willkommen bei Nino", sagte er und beförderte die Katze, die sich vor der Tür zusammengerollt hatte, mit einem Fußtritt zur Seite. „Wo wollt ihr sitzen, drinnen oder draußen?", fragte er und verbeugte sich mit übertriebener Eilfertigkeit. „Das Essen ist sofort fertig. Es gibt Fettuccine aus echtem Weizenmehl und frischen Eiern, dafür garantiere ich, und einen spritzigen neuen Wein."

Pompeo blickte finster in den Gastraum.

„Ich möchte draußen sitzen", sagte Nina.

„Wir gehen rein", entschied Pompeo.

„Aber warum denn, mein Schatz?", beschwerte sich seine Frau.

„Darum. Weil ich es sage. Da siehst du es, nie kann ich machen, was ich will." Er setzte sich auf den ersten freien Stuhl, schlug die Beine übereinander und schaukelte nervös mit dem Fuß.

Später tauchte Armando auf. Er hatte verquollene Augen und trug eine Sonnenbrille, die das halbe Gesicht verdeckte. Dazu trug er eng anliegende weiße Leinenhosen.

„Zur Messe gehst du wohl nicht mehr, was?", empfing ihn sein Vater wütend und gab ihm eine Ohrfeige.

„Was geht dich das an? Wenn ich nicht will, dann will ich nicht", entgegnete er. „Was kann ich dafür, dass die Alliierten gelandet sind und du deshalb wütend bist."

Pompeo wurde schlagartig ruhig. Er goss sich ein Glas Wein ein und beugte sich über die Speisekarte, um sich etwas Passendes auszusuchen, das seiner Leber nicht schadete, aber dennoch schmackhaft war.

„Mit meiner kranken Leber sollte ich lieber nicht trinken. Aber wen interessiert das schon." Missmutig zuckte er mit den Schultern.

Armando setzte sich neben Nina und drückte sein Bein an ihren Oberschenkel. Nina tat, als merke sie es nicht. Mumuri goss Wein ein und erzählte Witze über die Dummheit der Engländer, um Pompeo zum Lachen zu bringen und ihn über die Niederlage bei Salerno hinwegzutrösten.

7

Das Zimmer lag im Halbdunkel, Mumuri schlief. Nina tigerte im Unterrock in der Wohnung herum und beschwerte sich über die Hitze. Giovanni war draußen und spielte mit Pica und Carlo.

„Ich gehe raus", sagte ich zu Nina und zog mir die Sandalen an.

„Wo willst du hin bei dieser Hitze?"

„Ich treffe mich mit Freunden."

„Wo hast du sie kennengelernt?"

„Im Strandbad", antwortete ich und ging zur Tür.

„Willst du vorher einen kalten Kaffee trinken?"

„Nein", sagte ich und sprang die drei Treppenstufen, die in den Garten führten, mit einem Satz hinunter.

Die Straße war menschenleer, der Asphalt schien zu kochen. Ich sah mich um: Die Türen sahen alle gleich aus, alle waren geschlossen und die Fensterläden unter den blauen Vorhängen mit den weißen Fransen waren es ebenfalls. Ein schwacher Duft nach Malzkaffee lag in der still stehenden Luft. Im grellen Sonnenlicht wirkten die Wände der Häuser kreideweiß. Einige Balkone warfen ihren Schatten auf den Rand des Bürgersteigs. Während ich mit gesenktem Kopf die Straße entlangging, wurde ich von einem Fahrrad überholt, das mich fast angefahren hätte. Ich schaute, geblendet vom gleißenden Gegenlicht, dem halb nackten Jungen hinterher, der rasch davonradelte.

Ich passierte kahle Bäume und ein paar Beete ohne Kräuter oder Blumen, dann ging ich weiter geradeaus, vorbei an der Tankstelle und der Kirche. Den Namen der Straße, nach der ich suchte, hatte ich noch nie gehört. Ich setzte meinen Weg fort, in der Gewissheit, dass ich sie schon irgendwann finden würde.

Hin und wieder hob ich den Blick, die Hand schützend über die Augen gelegt, um die Straßennamen auf den Marmorschildern zu entziffern. Ich bog in die Via Littorio ein und prüfte die Hausnummern. Vor der 13 blieb ich stehen und beschloss hineinzugehen. Die Kühle, die mir im Innenhof entgegenschlug, ließ mich erschauern.

Ich stieg zwei Treppen nach oben und blieb vor einer Tür stehen, auf der mit goldenen Lettern DOTT. SCANNO GIOACCHINO zu lesen stand.

Als ob er meinen keuchenden Atem gehört hätte, öffnete Scanno die Tür und hielt mir die Hand hin. Ich betrat die Wohnung, es roch feucht und nach Insektenvernichtungsmittel.

„Du bist gekommen, mein Liebling." Gioacchino starrte mich an, als könnte er seinen Augen nicht trauen. Er zog den Gürtel seines parfümierten seidenen Morgenmantels enger und fuhr sich mit den Fingern durch das schüttere Haar. Bei jedem Wort zuckten die dunklen Tränensäcke unter seinen Augen.

„Lass dich ansehen", sagte er und nahm meine Hand, „wie jung du bist, lass dich ansehen."

Nach und nach gewöhnten sich meine Augen an die Dunkelheit, ich erkannte die mit goldenen Pinienzapfen bedruckte Tapete, von der eine gewisse Feuchtigkeit ausging, die langen Reihen ledergebundener Bücher und die schweren, mit Schnitzereien versehenen Möbel aus dunklem Nussbaumholz.

„Du bist so still, hast du Angst?" Er führte mich in einen Salon und schob mich zu einer Gruppe roter Samtsessel. Bei unseren Schritten klirrte ein niedriger Glastisch. Er hielt meine Hand so fest umklammert, dass mir der ganze Arm wehtat. Dann ließ er mich los und holte eine Flasche Likör.

„Du bist so jung, so frisch", wiederholte er mit einer Stimme, die gleichermaßen resigniert und leidenschaftlich, aber auch ein wenig neidisch klang. Dabei goss er eine gelbe Flüssigkeit in zwei langstielige Gläser.

Ich nippte an dem klebrigen Likör, lehnte die mit Creme gefüllten Kekse aber ab.

„Sag mir, was du möchtest. Einen Kaffee? Eine Orangenlimonade?"

Ich schüttelte entschieden den Kopf.

„Ich habe nicht zu hoffen gewagt, dass du wirklich kommst. Gewartet habe ich trotzdem, fühl nur, wie mein Herz klopft, leg deine Hand hierhin. Bei der Vorstellung, dich wiederzusehen, habe ich gezittert", sagte er und drückte meine Hand auf seine bebende Brust.

Ich spürte sein Blut pulsieren, sein ganzer Körper schien in Aufruhr.

„Komm her, mein Schatz, ich darf dich doch so nennen? Hab keine Angst. Ich werde dir nichts tun. Lass dich anschauen. Wie jung du bist!"

Mit zitternden Fingern näherte er sich den Knöpfen meines Kleides. Seine Finger glitten hoch und runter, trotzdem gelang es ihm nicht, die Knöpfe zu öffnen. Ich schob seine Hände zur Seite und öffnete sie selbst, dabei fixierte ich einen hellen Fleck an der Decke.

„Schau nur, wie meine Hände zittern, du siehst so frisch und fügsam aus." Er wischte sich den Schweiß von der Stirn.

Ich ließ mein Kleid zu Boden sinken. Scannos Lippen streiften meine Haut und lösten sich augenblicklich wieder, in seinen Augen standen Tränen.

„Du bist so jung", sagte er erneut, etwas anderes fiel ihm nicht ein. Seine weichen knochigen Finger berührten vorsichtig meine Haut.

Ich streifte den Unterrock ab und stand nun nackt vor ihm. Ich beobachtete sein bleiches Gesicht, auf dem eine Mischung aus Verlegenheit, Schmerz und Lust zu lesen war. Seine runzlige Haut und seine Lippen zogen sich zusammen wie bei einer Molluske.

Ob das wohl Liebe war, die Liebe, die ich kennenlernen wollte? Es war wie bei Armando: Das konvulsive Zucken und das Verdrehen seines Körpers standen meiner nüchternen, passiven Nacktheit gegenüber. Da musste es doch noch etwas anderes geben, aber was sollte das sein?

Die feuchte und von Insektenvernichtungsmitteln getränkte Luft legte sich wie ein Film auf meine nackte Haut, ich drehte mich, um den hellen Fleck an der Decke wiederzufinden. Es herrschte eine unwirkliche Stille, ich kam mir wie in einer verschlossenen Schachtel voller Watte vor. Die Stille des nächtlichen Schlafsaals im Internat kam mir in den Sinn, die eine Fliege, die immer wieder gegen die Fensterscheibe flog, und die Schwester mit dem raschelnden Gewand, die gegen zwei vorbeikam, den Rosenkranz in der Hand. Sie blieb immer einen Moment vor dem runden Spiegel an der Rückwand stehen und murmelte ein Gebet. Der Spiegel reflektierte die weißen Betten, die zusammengelegten grauen Kleider und die weißen Strümpfe.

Als ich den Blick wieder senkte, war alles vorbei. Gioacchino kniete auf dem Boden, den Kopf zwischen den Händen vergraben, er keuchte, sein kahler Kopf mit einem

Spinnennetz aus spärlichen Haaren bewegte sich ruckartig nach oben und unten. Dann richtete er sich auf, lächelte verschämt und wischte sich die Spucke vom Kinn.

Er setzte sich auf das Sofa und ich sollte mich neben ihn setzen.

„Hast du einen Wunsch? Ich möchte dir ein Geschenk machen. Du bekommst alles, was du willst."

Ich schüttelte den Kopf.

„Was hättest du gerne?", fragte er erneut und nahm eine meiner Brüste in die Hand, als wolle er ihr Gewicht wiegen.

„Ich weiß nicht."

„Hast du keinen Wunsch, etwas, das dir besonders wichtig ist?"

„Nein."

„Dann denke ich mir eine schöne Überraschung für dich aus, ist dir das recht?"

„Ja."

„Sag mir, dass du mich ein bisschen gernhast. Nur ein ganz kleines bisschen", flehte er und küsste mich auf die Schulter.

„Ja."

„Du bist so seltsam, so lieb und fügsam. Und doch wüsste ich nicht zu sagen, was in dir vorgeht. Ich möchte zu gerne wissen, was der Blick deiner weit aufgerissenen Augen bedeuten soll. Sag mir, dass du mich gernhast. Sag mir: Ich habe dich gern. Sag es mir, bitte, auch wenn es nicht stimmt."

„Ich habe dich gern."

„Hör mal, vielleicht ist es am besten, wenn ich dir Geld gebe, dann kannst du dir kaufen, was du willst. Was meinst du?"

„Wie du meinst."

„Du bist so brav und in dich gekehrt, das macht mir Angst. Erzähl mir von deiner Familie, wie kommt es, dass du bei den Pompeis wohnst?"

„Ich hätte gerne Wasser", sagte ich. Er beeilte sich, mir meinen Wunsch zu erfüllen, und kam mit einem randvollen Glas mit ein paar Eiswürfeln zurück.

„Ich gebe ein wenig Minzlikör dazu, magst du das?"

Ich trank das Wasser in großen Schlucken, es war so kalt, dass meine Kehle schmerzte. Ich bat um ein weiteres Glas.

„Ich gebe dir alles Wasser der Welt, wenn es das ist, was du dir wünschst", rief er aus der Küche.

Als ich fertig getrunken hatte, strich er mir über die Haare, streichelte meinen Hals, nahm meinen Kopf zwischen die Hände und küsste mich sanft. Dabei murmelte er: „Dein Mund riecht so frisch wie Pfefferminz. Du bist so jung. Ich habe Angst, dir wehzutun, wenn ich diese zarte Haut berühre." Wieder näherten sich seine klebrigen Lippen, der breite Mund nahm mir fast den Atem, die Tränensäcke zuckten wie die Flügel eines Schmetterlings.

„Ich möchte dir ein Foto von mir als junger Mann zeigen, als gut aussehender Mann in Uniform. Ich möchte dir zeigen, wie schön ich war", sagte er und stand auf.

Er ging ins Nebenzimmer und kam mit einem Fotoalbum zurück. Er setzte sich neben mich und vergaß, sich den Seidenmorgenmantel über die behaarten, großporigen dünnen Beine und das verschrumpelte Glied zu ziehen. Er blätterte freudig erregt durch das Album, deutete auf das eine oder andere Foto in unterschiedlichen Formaten und beschrieb, wo sie aufgenommen worden und welche Personen dort zu sehen waren. Gruppenbilder am Strand, Sonnenschirme und weiße Hüte, Gruppenbilder in den Bergen, ein Steg über einen Fluss, akrobatische Posen. Im Vordergrund meist Gioacchino Scanno, selbstsicher, mit gezwirbeltem Schnurrbart. Junge Frauen Hand in Hand und mit gehobenem Bein beim Tanz. Zwei steife ältere Herren in Uniform, im Hintergrund eine Kulissenlandschaft.

„Schau nur, schau, wie beweglich ich war. Damals bin ich viel gereist. Ich war in Afrika. Ich hätte dir vieles zu erzählen. Hast du meine schmale Taille gesehen? Damals konnte ich ein Kilo Spaghetti mit Kaninchenragout am Tag essen und mindestens eine Flasche Wein trinken, dazu Rebhühner, Kaninchen und Geflügel. Schau mal, hier kommen wir von der Jagd zurück. Giuseppe war immer bei mir. Wir haben stundenlang reglos hinter einem Felsen oder einem Gebüsch gekauert und auf die Beute gewartet.

Giuseppe war schwächer als ich, er wurde rasch müde, kam schnell außer Atem. Aber ich, ich war unermüdlich. Wenn ich von der Jagd zurückkam oder üppig gespeist hatte, bin ich noch zu einer Freundin gegangen und wir haben miteinander geschlafen, fünf, sechs Mal hintereinander. Um drei Uhr nachts bin ich müde, aber zufrieden durch die menschenleeren Straßen nach Hause gegangen. Damals war alles anders als heute. Gleich hinter der Kirche erstreckten sich die Felder. Man konnte ganze Tage unterwegs sein, ohne auf einen Menschen zu treffen, gut, vielleicht mal einen Bauern mit seinem Esel. Ich war verliebt, schrieb meiner Verlobten lange Briefe. Aber ich traf sie nur selten, ihre Familie war streng. Sie durfte das Haus nicht ohne Begleitung verlassen. Auf dem Rückweg von meiner Geliebten stellte ich mich unter das Fenster meiner Verlobten. Eigentlich kannte ich sie kaum. Aber ich liebte sie. Seit meiner Hochzeit war ich nicht mehr auf der Jagd, es ist eine Schande. Und jetzt? Der Lärm der Motorräder, der Autos und der verfluchten Flugzeuge lässt die Vögel davonfliegen und die Kaninchen sterben. Die Zeit der Jagd ist vorbei."

Er schaute auf meine mädchenhaften Brüste und auf meine Finger mit den abgebissenen Nägeln. Er seufzte und küsste mich noch einmal auf die Wange.

„Du bist so unglaublich jung und ich muss bald sterben. Du hast noch so viel Zeit vor dir. Sag mir, dass du mich gernhast. Ich muss es dich sagen hören. Stört es dich, aus Freundlichkeit ein wenig zu lügen?"

Es störte mich nicht. Ich fand ihn seltsam und pathetisch, wie ein alter Rabe mit nacktem Hals und Raubtieraugen. Ich drückte seine kalten feuchten Hände, er schaute mich an, als ob er in meine Haut schlüpfen und meinen Platz einnehmen wollte. Er streichelte mich noch einmal, dann widmete er sich wieder den Fotos.

„Das ist meine Frau. Wunderschön, nicht wahr? Sie ist seit vielen Jahren tot. Das ist mein Vater, er war Oberst. Ein kraftvoller und genialer Mann. Das ist meine Mutter, schau nur, ihre hohe Stirn. Ich erinnere mich nicht mehr an sie. Und das sind die Frauen, die ich geliebt, denen ich den Hof gemacht habe. An sie erinnere ich mich auch nicht mehr, an keine von ihnen. Das interessiert mich nicht. Sie sind jetzt alle alt und hässlich. Aber du bist jung. Schau, das ist unser altes Haus, wo wir früher gelebt haben. Wenn du es jetzt sehen würdest, es ist nicht wiederzuerkennen. Den Garten gibt es nicht mehr, sie haben ganz in der Nähe zwei Wohnblocks mit acht Stockwerken gebaut. Und dort, wo dieser Bogengang ist, haben sie alles abgerissen und Geschäfte errichtet, eine Metzgerei und eine Papierhandlung. Was für eine Schande. Warum lachst du?"

„Einfach so." Ich zuckte mit den Schultern und er erschauerte. Er stand auf, um sich eine Zigarette anzuzünden. Dann setzte er sich wieder. Er nahm meinen Kopf in seine Hände und küsste mich sanft.

„Möchtest du rauchen?" Er hielt mir die glimmende Zigarette hin, die nach Menthol roch. Ich nahm ein paar Züge. Er schlug die Beine übereinander und machte sich lang. Er schwitzte in seinem Morgenmantel. Mit dem Nagel des kleinen Fingers stocherte er zwischen den Zähnen herum. Dann verließ er noch einmal das Zimmer und kam mit einer Handvoll Münzen zurück. „Reicht das?"

„Ja."

„Wenn du mehr willst, musst du es nur sagen." Er blies den Rauch durch die Nase aus. „Und jetzt zieh dich an, mein Cousin kann jeden Moment zurückkommen", forderte er mich ungeduldig auf und half mir, meine Sachen aufzuheben.

Ich zog mich langsam an, dabei ließ mich Scanno nicht aus den Augen. Ich erinnerte mich nicht mehr, welchen Tag wir hatten. Vielleicht Donnerstag? Aus der Ferne war zu hören, wie Wasser in ein Becken rann. Ein Kind war aufgewacht, irgendwo wurde Wäsche ausgeklopft. Im Mund hatte ich immer noch den Geschmack nach süßem Likör und der Mentholzigarette. Der Lichtfleck an der Decke war verschwunden. Bei jedem Schritt klirrte der Glastisch. Auf dem amarantroten Sofa waren Haare und der Abdruck eines Rückens zu erkennen.

Ruhig und kühl brachte Scanno mich zur Tür, dabei spielte er mit dem Gürtel seines Morgenmantels. Er hatte es offenbar eilig, mich loszuwerden.

„Kommst du wieder?", fragte er und führte meine Hand an seinen Mund.

„Ich weiß nicht."

Er zuckte zusammen und fuhr sich mit der Zunge über die Lippen, bevor er antwortete.

„Du musst wiederkommen, mein Schatz. Schon wegen des Geschenks, das ich für dich kaufen werde."

Ich rannte die Treppe hinunter, verfolgt von seiner rauen, einschmeichelnden Stimme, nahm immer zwei Stufen auf einmal. Dann schlug ich die Eingangstür hinter mir zu. Endlich hörte ich ihn nicht mehr. Draußen schlug mir glühend heiße Luft entgegen. Ich rannte weiter.

Vor der Eisdiele blieb ich stehen und zählte mein Geld. Ich ging hinein und gab alles für ein großes Eis für mich und eine Packung Pralinen für Giovanni aus.

An meinem Eis leckend ging ich nach Hause. Eine leichte Meeresbrise trocknete den Schweiß unter meinem Kleid.

Wenige Schritte von unserem Haus entfernt, hörte ich die Stimme meines Vaters. Ich überlegte es mir anders. Ich versteckte mich hinter einem Gebüsch, kehrte um und ging in Richtung Meer, das mir mit jedem Schritt vom Horizont aus entgegenzukommen schien.

8

Signor Pompeo kam pfeifend die Treppe herunter, er trug Pantoffeln. Signora Mary rief ihm etwas Unverständliches hinterher, er blieb stehen und wandte den Kopf nach oben, dabei hielt er sich mit beiden Händen am Geländer fest. „Waaas?", brüllte er zurück. Schließlich gab er es auf, stieg die Stufen wieder hoch, um zu erfahren, was seine Frau von ihm wollte.

Armando rannte herunter und tat so, als hätte er mich gar nicht gesehen. Ich saß da, die Hände in eine Schüssel mit Alkohollösung getaucht, und reinigte Ninas Schmuck. Giovanni war gerade mit seinen Freunden spielen gegangen.

Armando blieb einen Moment zögernd vor dem Tor stehen, dann ging er entschlossen in Richtung Strandbad.

Nina kam aus dem Bad und trocknete sich mit dem ausgefransten Handtuch die Ohren ab.

„Hunger?", fragte sie und blickte amüsiert Armandos verkrampfter Gestalt nach, der jetzt die Straße entlangging.

Signor Pompeo kam wenig später wieder herunter, in kurzen Hosen, einen Stoffhut in der Hand. Auf der Nase saß eine große Sonnenbrille. Er schien schlecht gelaunt und presste die Lippen zusammen.

„Bereit?", fragte er zerstreut. „So viele Wolken", fuhr er fort und schaute zum Himmel, über den dicke weiße Wolken zogen, die sich aufblähten und zu platzen drohten. „Der Wind vom Meer vertreibt sie wieder", sagte er in ernstem Ton, als wäre das sein persönliches Verdienst.

„Hast du die Brosche fertig? Zeig mal." Nina stellte sich neben mich, der Morgenmantel klaffte auseinander und enthüllte ihre Brust.

Pompeo näherte sich von hinten und drückte sich an sie, dabei tat er so, als wolle er ebenfalls das Resultat näher betrachten. Nina lachte und schob ihn weg. Sie nahm das tropfende und nach Alkohollösung riechende Schmuckstück in die Hand und hielt es sich unter die Nase. „Wie das stinkt!", sagte sie und verzog das Gesicht. Pompeo schob ihr eine Hand in den Ausschnitt ihres Morgenrocks und Nina pikste ihn mit der Nadel der Brosche. Er zuckte irritiert zurück.

„Sie ist wieder sauber, gut gemacht, Anna. Dieser Brosche sieht man nicht mehr an, dass sie schon zehn Jahre alt ist, sie wirkt wie neu. Gute Arbeit, Küsschen." Sie beugte sich dankbar zu mir herunter.

Beim Geräusch der Absätze seiner Frau auf der Treppe riss sich Pompeo zusammen. Er stemmte die Hände auf die Fensterbank und schaute auf das bewegte Meer, auf dem in rascher Folge Flecke weißer Gischt auftauchten und verschwanden.

Seine Frau ging zu ihm und küsste ihn in den Nacken. Er fuhr herum.

„Gehen wir?", fragte er ungeduldig.

Signora Mary begrüßte uns und kam näher, um das Schmuckstück zu bewundern.

„Es sieht aus wie neu", lobte sie.

Nina befestigte die Brosche am Aufschlag ihres Morgenmantels.

„Es verspricht schön zu werden", fuhr Signora Mary fort, die ihren Mann im Auge behielt. Ihre Finger umspielten den Anhänger ihrer Halskette. Die Sonnenstrahlen beleuchteten ihr gepudertes Gesicht und ließen die getuschten Wimpern glänzen.

„Ein herrlicher Septembertag", schwärmte Pompei und suchte die Wellen ab. „Heute sind keine Segelschiffe unterwegs, bei dem Wind müsste man Motorantrieb haben. Segeln ist altmodisch. Ein Motorboot ist da etwas ganz anderes." Seine Frau nickte. Nina ging ins Schlafzimmer, um sich anzuziehen. Pompei sah ihr nach, sein Blick ruhte auf ihren wohlgerundeten Hüften, die sich unter dem Morgenmantel abzeichneten.

„Gehen wir?", fragte Signora Mary gähnend an ihren Ehemann gewandt. Sie trug ein rosafarbenes Kleid, die obersten Knöpfe hatte sie provokant offen gelassen, hochhackige Schuhe und ein um den Kopf geschlungenes Tuch. Schmollend warf sie sich ein Strandtuch über die Schulter und folgte ihrem Mann zur Tür.

Nina und ich kamen kurze Zeit später nach. Wir hatten die Bademäntel über unsere trockenen und sandverkrusteten Badeanzüge gezogen.

„Diese Wolle juckt vielleicht", brummte Nina und kratzte sich am Rücken.

„Wo ist Giovanni?", fragte sie beiläufig. Sie dachte bereits daran, wie sie ins Wasser gleiten und sich danach den bewundernden Blicken der anderen Badegäste präsentieren würde.

„Wie schön das Meer doch ist", sagte sie und lächelte, ihr Blick verlor sich in den Weiten der Dünen.

„Dieses Schwein von Pompeo", fuhr sie fort und fasste sich an ihre Brüste, der schwarze Badeanzug hob sich wie Tinte von ihrer hellen Haut ab. „Er ist ein Schwein und sie ist nicht besser", wiederholte sie und schlug sich mit der Hand auf die Hüfte. „Aber bald werden sie das Feld räumen müssen."

Sie sah die beiden von ferne und hob grüßend die Hand. Ich ging barfuß und spürte die Pflanzen und den brennend heißen Sand unter meinen Füßen.

Auf Höhe der Kabinen ging Nina voran. Ich konzentrierte mich auf die Dornen und Glassplitter, die überall aus dem Sand ragten. Der Wind fuhr über den Boden und wirbelte die Sandkörner hoch, die wie kleine Stecknadeln gegen meine Beine flogen.

Der weite Himmel über dem Meer wirkte wie blank geputzt, als wäre er aus Glas, die Sonne stand unbeweglich am Himmel und schien sich nicht von der Stelle rühren zu wollen. In Ufernähe waren schlierige weiße Wolken aufgezogen.

Ich ging an einer Kabinenreihe vorbei auf die Familie Pompei zu. Pompeo lag auf dem Rücken im Sand, das weiße Hütchen hatte er sich aufs Gesicht gelegt, die Hände ruhten auf seinem Bauch. Bei jedem Atemzug hob sich das Hütchen und die Haut spannte sich. Die spärlichen Locken zitterten im Wind. Signora Mary war noch in der Kabine, Armando rauchte schweigend, ein Knie an die Brust gezogen, das andere abgeknickt. Seine geröteten Augen starrten aufs Meer. Immer, wenn er an der Zigarette zog, warf er einen gleichgültigen Blick auf den schwammigen Körper seines Vaters. Dann blies er den Rauch aus und starrte mit zusammengekniffenen Augen weiter aufs Meer.

Nina musste mit dem Mann mit den kurzen Beinen unterwegs sein. Ich glaubte, ihr Singen zu hören.

Signora Mary kam aus der Kabine, sie war in ihren rosa Bademantel gehüllt und hatte ein Tuch auf dem Kopf, ihr eingecremtes Gesicht glänzte.

„Kaum zu glauben, dass das Wetter im September noch so schön ist", seufzte sie.

Armando vergrub den Zigarettenstummel im Sand, seine Mutter warf ihm einen vorwurfsvollen Blick zu. Sie reckte sich, stemmte die Hände in die Hüften und blickte aufs Wasser.

„Dieses Meer ist einfach herrlich. Und dabei haben wir schon Mitte September. Gott will es so, er meint es gut mit uns. Mit dem ersten Regentag ist alles vorbei. Oder was meinst du, Pompeo?"

Ihr Mann antwortete nicht. Armando stand auf, machte sich lang und ging in Richtung Kabine. Signora Mary breitete den mit Sonnencreme verschmierten Bademantel auf dem Sand aus, dabei kämpfte sie mit dem Wind.

„Hier geht es uns gut. Der Krieg ist weit weg. Man riecht nur das Meer und den Zitronenduft der Creme", seufzte sie und schnupperte an ihrem Arm. „Was machst du, mein Kind? Träumst du?", fragte sie mich mit sanfter Stimme. „Du bist immer so nachdenklich und still. Ich wäre auch gerne so jung wie du. An nichts denken müssen, am Strand sitzen und sich den Sand durch die Finger rieseln lassen. Warum gehst du nicht zu deinen Freunden ins Strandbad? Viele Tage wie diesen wird es nicht mehr geben. Der Herbst steht vor der Tür." Sie stützte sich auf die Ellbogen und streckte sich aus, das Gesicht Richtung Himmel gerichtet. Die schlaffen Brüste glitten zur Seite.

„Wo wird Armando wohl sein?", fragte sie plötzlich und ihre haselnussbraunen Schenkel zitterten ein wenig. Dann schaute sie sich beunruhigt um.

„Man weiß nicht, was die jungen Leute von heute im Kopf haben. Sie sitzen stumm und unbeweglich da wie Hunde und schauen ihren Eltern beim Leben zu. Immer mit diesem vorwurfsvollen und missbilligenden Gesichtsausdruck. Armando ist genauso, ständig eine Zigarette zwischen den Lippen und stumm wie ein Fisch. Man weiß nicht, was er denkt, er sagt nicht, was er tut, keine Ahnung, welche Freunde er immer trifft. Ich verstehe nicht, was die jungen Leute an dieser Geheimniskrämerei finden. Sie können sich nicht richtig amüsieren, das ist es. Im Grunde beneide ich sie nicht. Aber sie gehen mir auf die Nerven." Sie sprach wie zu sich selbst. Dann drehte sie sich erst auf die Seite und dann wieder auf den Rücken, um weiter nach Armando zu suchen. Dabei kaute sie auf einem Strohhalm herum, den sie zwischen den schmalen geschminkten Lippen hielt.

Ein fliegender Händler eilte auf uns zu, seine knielangen ausgefransten Hosen flatterten im Wind. Durch die Löcher in seinem roten T-Shirt konnte man die magere Brust erkennen. An einem Arm hing ein Korb, den er eng an den Körper presste, sein Gang wirkte merkwürdig schief. Er blieb vor uns stehen und zählte laut die Namen der Getränke auf, die er im Angebot hatte. Er stützte den Korb auf der Hüfte ab und deutete auf die Flaschen, die in

Sand gesteckt waren, damit sie kühl blieben. Sein sonnengegerbtes Gesicht war voller Runzeln.

„Möchtest du eine Orangenlimo?", fragte Signora Mary und starrte auf die nackten Beine des Mannes.

„Nein", antwortete ich.

„Pompeo schläft. Dann nehme ich eben eine Orangenlimo, wenn die Kinder sich schon zu erwachsen fühlen", sagte sie zum Verkäufer, der den Korb abgestellt und eine Flasche herausgezogen hatte. Er lächelte.

„Wie viel macht das?"

„Zehn Lire."

„Was? Das ist ja Wucher!"

„Der Preis ist der Preis", entgegnete er lächelnd.

„Zehn Lire sind zu viel für eine kleine Flasche gefärbtes Wasser", erwiderte Signora Mary und kramte in ihrer Wachstuchtasche, dann zog sie einen Zehn-Lire-Schein heraus. „Bitte sehr, dein Geld. Aber erzähl mir nicht, dass diese Brause zehn Lire wert ist. Und jetzt geh weiter, aber schrei nicht so laut, mein Mann schläft."

Der Mann steckte den Schein ein, entfernte sich und bot aus Leibeskräften schreiend weiter seine Getränke an.

„Dieser Dummkopf!" Signora Mary richtete sich empört auf. „Je freundlicher man sie behandelt, desto unverschämter werden sie. Ich habe ihm doch gesagt, er solle nicht so laut schreien. Die Leute am Strand haben Durst, sich zu Hause etwas zu holen würde zu lange dauern. Und das nutzen sie schamlos aus. Hast du den Gesichtsausdruck gesehen? Da schenkt ihm einer sein Geld und er zieht zufrieden weiter, weil er dich ausgenommen hat. Dabei schreit er wie ein Hahn bei Sonnenaufgang!" Als sie den Bürgermeister auf sich zukommen sah, unterbrach sie ihre Tirade. Er sah erschöpft aus, in seiner schwarzen Hose wirkte er am Strand etwas lächerlich. Mary rang sich ein Lächeln ab, wickelte das Tuch vom Kopf und ordnete sich das dauergewellte Haar.

„Pompeo", zischte sie, „Pompeo, der Bürgermeister."

Ihr Mann schlief weiter. Sie stand auf und tippte ihm mit den Zehenspitzen gegen die Wange.

„Was ist los?" Pompeo schreckte hoch. Er war noch ganz benommen.

„Der Bürgermeister. Er kommt auf uns zu."

Sie klopften sich den Sand ab und gingen ihm entgegen. Der Bürgermeister streckte die Arme aus, um sie zu begrüßen. „Ja, ist das denn die Möglichkeit?", hörte ich Pompeo mit kaum verhohlener Freude sagen.

„Ich habe es aus sicherer Quelle. Bald wird die neue Regierung Mussolini offiziell verkündet werden. Was habe ich gesagt, lieber Pompei, was habe ich gesagt."

„Sie hatten recht, Gott sei Dank. Möge es immer so bleiben. Was für ein Coup. Tja, diese Deutschen. Wer hätte das gedacht. Sie geben nie auf. Gibt es neue Anweisungen aus Rom?"

„Ja und nein. Man bleibt vage. Sie haben Angst." Der Bürgermeister lachte und enthüllte eine Reihe schiefer gelblicher Zähne, die von einer goldenen Brücke gehalten wurden. „Leute, denen der Glaube fehlt. Was habe ich Ihnen gesagt, Pompei, erinnern Sie sich? Was habe ich Ihnen gesagt?"

„Das sind Leute, denen der Mut fehlt", stimmte Pompeo zu. „Ich war mir immer sicher, dass wir siegen werden, allen Neidern zum Trotz, die Italien unterhöhlen wie Ameisen. Wie tat mir die Leber weh, wie viele nächtliche Schmerzen habe ich bei dem Gedanken ertragen, dass Italien in solche Hände fallen könnte. Bei dem Gedanken, dass der Feind vorrückt, während ich schlafe. Da hätte ich am liebsten geweint. Aber jetzt ist alles anders. Sie hatten recht, man muss glauben. Das Glück verlässt die Furchtlosen nicht."

Signora Mary trippelte auf dem Sand herum und schaute vom einen zum anderen, mal erschrocken, mal zufrieden.

„Und das Geschäft ist gerettet", entfuhr es ihr. Sofort biss sie sich auf die Lippe.

„Sei still, sage ich dir. Das starke Geschlecht triumphiert." Pompei lachte so sehr, dass sein dicker Bauch und mit ihm die Speckrollen um seine Taille erbebten.

„Setzen Sie sich doch zu uns, das müssen wir feiern. Soll ich eine Flasche Wermut holen?"

„Nein, ich bitte Sie, bemühen Sie sich nicht. Mir reicht der Geruch des Meeres, um glücklich zu sein", antwortete der Bürgermeister pathetisch.

Der Wind ließ die Hosenbeine um seine Knöchel flattern, das weiße Hemd klebte auf seiner olivenfarbenen Haut. Signora Mary starrte auf seine unbehaarte Brust, auf der ein goldenes Medaillon glänzte. Auf seiner weißen Kopfhaut waren kümmerliche braune Härchen zu sehen, der dürre Hals war mit bläulichen Adern durchzogen und aus seinen Ohren wuchsen dunkle Haarbüschel.

„Das Meer ist das Sinnbild unserer Kraft", bekräftigte Pompei und reckte stolz das Kinn, „nichts und niemand kann uns vertreiben. In uns vereinen sich Flexibilität, Beweglichkeit und Kraft. Die Kraft ist wichtig und wir haben eine enorme Kraft."

Seine Frau nickte zustimmend, während der Bürgermeister ironisch die Augenbrauen hochzog und mit den Schultern zuckte.

„Stimmt das etwa nicht?", fragte Pompei und schlug sich auf die Brust.

„Die gnädige Frau langweilt sich sicher", antwortete der Bürgermeister in verändertem Ton, „reden wir über etwas anderes, über leichtere und erfreulichere Dinge. Politik ist ermüdend. Und was wissen wir schon? Nur Gott …"

„Verschonen Sie mich mit Gott", unterbrach ihn Pompei energisch. „Hier geht es um menschliche Kraft, nicht um göttliche. Die Kraft, mit der ich mein Geschäft verteidige, meine Seelenruhe, mein Haus am Meer und meine Familie. Dinge, die mir heilig sind." Dabei deutete er in Richtung Horizont. „Wir können nicht zulassen, dass der Feind siegt. Gott sei Dank nimmt dieser Mann wie ein König das Zepter in die Hand und schwingt die Peitsche gegen den, der nicht gehorcht. Die Welt gehört den Starken, selbstbewusst und stark wie wir."

Signora Mary schüttelte entsetzt den Kopf. Sie konnte es nicht leiden, wenn er fluchte. Doch als sie die abwesende Miene des Bürgermeisters bemerkte, war sie beruhigt.

„Sie sind so blass, Herr Bürgermeister", sagte sie und musterte ihn von oben bis unten. „ein Sonnenbad wird Ihnen guttun. Immer in Alarmbereitschaft, immer im Büro. Ich wette, Sie schlafen nicht genug. Das sieht man Ihnen an, Sie haben Augenringe und schuppige Haut. Dabei sind Sie doch noch so jung."

Der Bürgermeister sah sie überrascht an, dann senkte er den Blick und wühlte mit den Füßen im Sand.

„Die Arbeit, die Arbeit", sagte er dann und schielte auf Signora Marys Brüste, die von den Stäbchen des rosafarbenen Badeanzugs gehalten wurden, der wie eine zweite Haut saß. „Ich muss alles alleine machen", fuhr er mit ernster Stimme fort, „ich kann mich auf niemanden verlassen. Meine Mitarbeiter sind arbeitsscheu, nachlässig und keine große Hilfe. Jede Anweisung muss ich bestimmt zehn Mal wiederholen, wenn nicht noch häufiger. Ich muss jeden Schritt überwachen, sie führen und antreiben. Ich frage mich, was sie nur ohne mich machen würden."

Er tupfte sich mit einem parfümierten Taschentuch die Stirn ab und zog eine goldene Taschenuhr mit Emaille-Verzierungen aus der Hosentasche.

„Es ist spät geworden", sagte er kopfschüttelnd und fügte voller Selbstmitleid hinzu: „Sie sind zu beneiden. Ich überlasse Sie jetzt Neptuns Armen." Dann ging er in Richtung Strandbad davon.

Pompei rieb sich mit zufriedenem Lächeln und stolz geschwellter Brust die Augen. Signora Mary trank die Limonade aus und spuckte angewidert den letzten Schluck aus.

„Scheußlich!", sagte sie und wischte sich mit dem Handrücken den Mund ab, mit ihrer knotigen Hand wie die eines Mannes.

Pompei ging in Richtung Wasser, dabei machte er Gymnastikbewegungen mit den Armen.

„Gehst du ins Wasser?", rief sie und bedachte ihn mit einem zärtlichen Blick.

„Vielleicht, ich schaue erst mal, wie es so ist", antwortete er, dabei beugte und streckte er ungelenk seine behaarten Knie.

„Lauwarm, denke ich. Wenn du einen Moment wartest, komme ich mit." Sie suchte in ihrer Tasche vergeblich nach der Badekappe. „Annuccia, holst du sie mir? Ich muss sie in der Kabine vergessen haben", bat sie und legte mädchenhaft den Kopf schief.

Ich stand auf und rannte über den heißen Sand zur Kabine. Ich öffnete die Tür und erblickte den halb nackten Armando, sein Glied in der Hand, sein bleiches Gesicht war voller roter Flecke.

„Mach die Tür zu", herrschte er mich an und ich schloss sie. „Ich habe dich kommen hören. Bring ihr die Badekappe und komm dann wieder. Ich brauche dich, hast du verstanden?" Seine Stimme klang flehentlich.

Ich brachte Signora Mary die Badekappe und ging dann langsam zur Kabine zurück.

„Schließ ab, beeil dich."

Ich schaute ihm ins Gesicht. Er war grün angelaufen. Mit roten Augen und halb geöffnetem Mund starrte er mich an, ohne mich wirklich wahrzunehmen. Seine Muskeln zogen sich zusammen. Ich begann mich auszuziehen.

„Nein, küss mich", sagte er und zog mich mit seiner kalten schwitzigen Hand zu sich.

„Streichle mich, fass mich an. Du hast ja wirklich gar keine Ahnung", seufzte er und stieß mir ein Knie in den Magen.

Er zitterte und zuckte. Ungeduldig zeigte er mir, was ich machen sollte. Dann stockte er, hielt den Atem an und ein langer Schauer lief durch seinen Körper.

„Hau ab! Verschwinde", sagte er keuchend. Ich versuchte mir mit einem zerknitterten Taschentuch die Hände abzuwischen.

Als ich die Kabine verließ, schlug mir der kühle Wind vom Meer entgegen. Zitternd vergrub ich die Füße im warmen weichen Sand.

9

An diesem Abend wurde viel über die neue Regierung Mussolini gesprochen. Papa berichtete von den Nachrichten des Tages, als wäre er persönlich an der Wiedergeburt des faschistischen Regimes beteiligt gewesen.

„Das sind neue Leute, man muss Vertrauen haben", sagte er und schlug seinem Freund auf die Schulter, der bestätigend nickte und erwiderte, er habe Vertrauen und hätte es schon immer gewusst. „Wenn du die Fahnen und die Begeisterung auf den Straßen gesehen hättest. Wiederauferstanden von den Toten wie Jesus Christus, sagte jemand. Von wegen tot, habe ich gesagt, der wird noch ewig leben. Wehe dem, der ihm nach dem Leben trachtet!" Er lachte und blies den Rauch aus.

„Noch eine Zigarette, Mary?"

„Nein danke, mir brummt der Schädel."

„Gerade dann brauchst du eine. Entweder der Schmerz geht oder er bleibt." Er lachte lauthals und musste husten. „Die neue Regierung muss republikanisch sein, hat er gesagt. Ganz meine Meinung, das habe ich auch gesagt, das wäre auch mein Vorschlag gewesen. Wem nützt ein Verräter als König, eine Marionette? Man braucht einen starken Mann. Einen richtigen Mann."

Er warf sich in die Brust, wie Mussolini, dessen Ansprache er morgens im Radio gehört hatte.

„Erstens: enge Zusammenarbeit mit den Deutschen. Zweitens: Bestrafung der Schuldigen. Das nenne ich deutliche Worte!"

Nina spielte lustlos und gähnte, was Mumuri und Pompei da redeten, interessierte sie ganz und gar nicht.

„Ich bin müde", sagte sie plötzlich, gähnte noch einmal und legte ihre Karten auf den Tisch.

„Nur noch diese Runde, mein Liebling. Nimm die Karten wieder auf. Es dauert nicht mehr lang. Was soll ich denn da sagen? Ich bin um sieben aufgestanden und habe den ganzen Tag im Laden gestanden. Ich habe unzählige Rechnungen geschrieben, musste mit diesem verhandeln, mich mit jenem einigen. Jetzt, wo ich daran denke, merke ich, dass ich auch müde bin. Siehst du, wie geschwollen meine Augen sind?"

„Gerade jetzt, wo es bei mir so gut läuft", beklagte sich Signora Mary pikiert.

„Noch zwei Runden, dann gehen wir schlafen, einverstanden?"

„Na gut."

„Aber die zwei Runden spielen wir noch."

Sie spielten schweigend weiter, starrten auf die Karten, auf die eigenen und auf die der Gegner. Die Spielmarken fielen in regelmäßigen Abständen in das Tonschälchen.

„Ich habe die Prassi getroffen", sagte Papa unvermittelt und die anderen sahen ihn neugierig an.

„Veronica Prassi?", fragte Signora Mary erstaunt und vergaß einen Moment ihre Karten.

„Veronica, genau."

„Allein?"

„Allein. Ich habe sie zu einem Aperitif eingeladen und sie ist rot geworden. Damit hatte sie nicht gerechnet. ‚Sie erinnern sich an mich?', fragte sie unsicher. ‚Natürlich', erwiderte ich. Sie ist nicht wiederzuerkennen. Ausgemergelt wie eine Sardine, ihre ungepflegten fettigen Haare hängen ihr über die Augen. Sie tat mir leid. Aber so ist das Leben. Ich bin da anders als die anderen. Wenn jemand Pech hatte, darf man ihm nicht einfach den Rücken zudrehen wie einem Hund. Ich habe sie eingeladen und sie ist meiner Einladung gefolgt. Sie war demütig und konnte es kaum glauben. Es kam mir vor, als hätte sie vor Dankbarkeit geweint."

„Meine Hochachtung, Mumuri", lobte Signora Mary und presste die Lippen aufeinander, „wenn nur alle Männer wären wie du."

„Ich habe ihr einen Platz an meinem Tisch und Gebäck angeboten. Ich hatte den Eindruck, als hätte sie Hunger. Sie hinkte und ich habe ihr den Arm gereicht. Dann setzte sie sich, aß mit großem Appetit, vergoss ein paar Tränen und schaute mich an, als wäre sie in mich verliebt." Er warf Nina einen Blick zu, um sich zu vergewissern, dass sie auch zuhörte. Aber Nina starrte auf ihr Blatt, rechnete und überlegte, ob sie ihren Einsatz erhöhen sollte oder nicht. Mumuri beachtete sie nicht weiter.

„Man muss Mitleid haben", sagte Signora Mary, die von der Geschichte berührt war. „Schau dir diese Kinder an", fügte sie leise hinzu, „die kennen kein Erbarmen. Sie sehen dich mit diesen großen gefühllosen Augen an."

Ich wandte den Blick zum Fenster, durch das der laue Abendwind drang und den Salzgeruch des Meeres mitbrachte.

„Annuccia, gib Papa einen Kuss. Du hast mich doch gern, oder?" Mumuri zog mich zum ersten Mal an sich, zurückhaltend und vorsichtig, als ob er die Gleichgültigkeit auf meinem Gesicht vergessen und nur die Wärme der Umarmung spüren wollte.

„Was hat die Prassi gesagt?", fragte Signora Mary neugierig.

„Was soll sie schon sagen." Mumuri schob mich weg. „Nachdem sie gegessen und den Aperitif getrunken hatte, drückte sie mir die Hand, als ob sie fürchtete, dass ich gehen und sie mit der Rechnung sitzen lassen würde. Sie sagte, sie schäme sich, dass es so weit mit ihr gekommen sei, und dass sie froh wäre, endlich einen Freund getroffen zu haben. Und dass ihr Leben voller Bitterkeit sei und dass ihr nur noch der Tod bliebe. Als mir klar wurde, dass sie Geld wollte, war ich wie erstarrt, habe mich Hals über Kopf verabschiedet und sie ihrem Schicksal überlassen."

„Richtig so, auch Mitleid hat Grenzen. Immerhin hat sie ihren Mann betrogen und alles verkauft, um sich diesem Weichling an den Hals zu werfen. So eine Unverfrorenheit! Ich wette, sie sieht sich als Opfer, weil sich die Freunde von ihr abgewandt haben und ihr Mann ihr keine Lira gibt. Die Welt ist voller seltsamer Menschen, was? Sie hatte Hunger? Wahrscheinlich war sie endgültig pleite. Wenn man bedenkt, dass sie mal eine der schönsten Frauen Roms war. Goldblonde Haare, die weich auf ihre Schultern fielen, gepflegte Hände, vier, fünf Perlenschnüre um den Hals. Die wird sie wohl auch verkauft haben. Ehrlich gesagt tun mir Menschen, die sich so dämlich verhalten, nicht leid. Sie hat das Geld mit vollen Händen aus dem Fenster geworfen und ihren Mann vor die Tür gesetzt. Was soll sie anderes verdient haben? Es heißt, ihr morphiumsüchtiger Liebhaber wäre mit einer Achtzehnjährigen verheiratet und hätte schon drei Kinder mit ihr. Was für eine unglaubliche Geschichte. Kein Funke von Anstand und Moral."

Armando betrat den Raum, frisch rasiert und parfümiert, ganz in Weiß gekleidet, einen gelben Pullover über die Schultern geworfen, die Ärmel um den Hals gelegt.

„Du hast dich aber ordentlich fein gemacht, was?", fragte sein Vater und verzog den Mund, während seine Mutter ihn voller Stolz ansah.

„Du erinnerst mich an mich in meiner Jugendzeit", sagte sie und kräuselte die Lippen.

„Ganz und gar nicht", widersprach ihr Mann, „setz ihm keine Flausen in den Kopf. Wie unmännlich, sich so aufzutakeln. Du siehst aus wie ein Frauenheld oder ein Geck, wie ein Engländer. Zieh dir etwas Anständiges an, Krawatte und Jackett, wie es sich gehört. Und zwar sofort!"

Armando war verblüfft und kratzte sich am Hals.

„Du siehst wunderbar aus, hör nicht auf deinen Vater", sagte seine Mutter verärgert.

„Ich gehe aus", verkündete Armando und steckte die Hände in die Hosentaschen.

„Bei deinen Erziehungsmethoden wird er zum Schlappschwanz und ein Nichtsnutz", schrie Pompeo seine Frau an, nachdem ihr Sohn den Raum verlassen hatte.

„Oh nein, da irrst du dich. Du behandelst ihn wie ein kleines Kind. Er ist alt genug, um selbst zu entscheiden, was er anziehen will."

„Mit dem Ergebnis, dass er nicht mehr auf mich hört."

„Kommt, spielen wir weiter. Du bist dran, Pompeo", drängte Mumuri.

Ich schlich unbemerkt aus dem Zimmer und legte mich in mein frisch bezogenes Bett.

Giovanni schlief schon. Als ich ihn so daliegen sah, auf dem Bauch, mit dem Kopfkissen im Arm und mit den Haaren, die ihm an der Stirn klebten, wurde mir klar, wie wenig ich von ihm wusste. Meistens spielte er draußen mit seinen Freunden, wenn er nach Hause kam, war er oft so müde, dass er schweigend ein paar Löffel Suppe aß und ins Bett ging. Nina kümmerte sich rührend um ihn. Sie liebte es, ihn auszuziehen, ins Bett zu bringen und durchzukitzeln. Wenn sie nicht da war, konnte er nicht schlafen. Sie löschte das Licht, beugte sich über ihn und betrachtete seinen mit Kratzern und blauen Flecken übersäten Körper.

Während ich über Giovanni nachdachte, fiel mir auf, dass ich mich selbst auch nicht kannte. Ich hatte mich aus den Augen verloren. Irgendwo. Wo genau, spielte keine Rolle. Ich drehte mich zur Wand und versuchte mit dem leisen und monotonen Rauschen des Meeres im Hintergrund einzuschlafen.

10

Ich wurde von einem kalten Luftzug geweckt. Giovanni hatte das Fenster aufgerissen und bückte sich, um seine dreckige Baumwollhose anzuziehen.

„Wie spät ist es?"

„Sechs", rief er und schleuderte übermütig einen Pantoffel in die Luft.

„Sei still, sonst weckst du Nina auf."

„Ist mir doch egal."

„Oder Signora Pompei. Die schlafen nie. Sie stehen hinter den Fenstern und spionieren die anderen aus."

„Signora Pompei ist mir auch egal", sagte er etwas leiser.

„Ich bin müde", brummelte ich und zog mir das Bettlaken über die Augen.

„Komm mit ans Meer. Ich zeig dir einen Platz, wo sonst niemand ist und man Krebse fangen kann."

Ich hielt mir die Ohren zu und reagierte nicht. Dann schielte ich neugierig unter dem Laken hervor, weil auch er nichts mehr sagte. Er stand halb nackt vor dem Spiegel und musterte sich aufmerksam.

„Was machst du da?"

Erschreckt fuhr er herum.

„Komm doch mit. Da ist einer, der dich kennenlernen will."

„Wer?"

„Einer eben. Er hat gesagt, dass er mich mit dem Boot mitnimmt, wenn ich ihm meine Schwester vorstelle."

„Boot fahren gefällt mir auch. Was ist das für einer?"

„Ein Typ mit Turnschuhen und weiten Hosen, der gerne kleine Jungs anfasst. Einer, der sich alles kauft, sagt Carlo. Dich will er auch kaufen."

„Warum?"

„Keine Ahnung", lachte er, seine schmalen Lippen öffneten sich und man sah seine schiefen spitzen Zähne.

Er zog sich das Hemd falsch herum an, dann schaute er in den Spiegel, zuckte mit den Schultern und lachte. Er wartete, dass ich endlich aufstand.

Ich zitterte, als meine Füße den Boden berührten, und bückte mich, um nach den Sandalen zu suchen. Giovanni beobachtete mich durch den Spiegel. Ich griff nach dem Bademantel und ging ins Bad. Giovanni blieb breitbeinig vor dem Spiegel stehen, die Hände in die Hüften gestützt, und betrachtete sich.

Das Haus lag in tiefer Stille, nur der Wasserhahn in der Küche tropfte. Es klang wie das Ticken eines Weckers. Die

Sonne fiel durch das Badfenster, beim Waschen spürte ich ihre angenehme Wärme auf meinen Beinen.

„Willst du?" Giovanni hielt mir ein frisch gebackenes Brot hin.

„Später. Warte draußen, bis ich mich angezogen habe. Ich komme gleich", sagte ich leise.

Er ging und biss dabei herzhaft in das Brot.

Als ich das Haus verließ, musste ich die Augen zusammenkneifen, das grelle Sonnenlicht blendete mich. Giovanni saß auf der Treppe und spielte mit der Brotkruste.

Der leichte Wind wehte den gelben Rock hoch, den Nina für mich geändert hatte.

„Ninas Rock", bemerkte Giovanni kauend.

„Sie hat ihn mir geschenkt."

Wir gingen zum Strand, er vorneweg, ich folgte ihm. Um diese Zeit war noch niemand unterwegs. Die grün gestrichenen Holzkabinen glänzten im Licht der Morgensonne. Sie wirkten wie verschmierte leere Ölkanister. Ich streifte die Schuhe ab, um den Sand unter den Füßen zu spüren. Giovanni war barfuß aus dem Haus gegangen.

„Hast du Angst vor Krebsen?", fragte er, ohne sich umzudrehen, und biss ein Stück Brot ab.

„Nein. Gib mir das Brot."

Er blieb stehen und gab mir ein Stück, die Kruste war hart und angebrannt.

Hinter den Kabinen gingen wir zum verwaist daliegenden Strand. „Sogar die Bagnini schlafen noch", sagte Giovanni und spuckte ein Stück Brotkruste aus.

„Warum hast du keine Trauben mitgenommen?", fragte ich vorwurfsvoll. „Das Brot ist trocken und verbrannt."

„Ich mag keine Trauben. Wenn du willst, zeige ich dir, wie man Krebse aussaugt."

Die Wellen rollten an den grauen Sandstrand. In der Ferne war eine Gruppe spitzer Felsen im Wasser zu erkennen. Giovanni deutete in ihre Richtung. „Da ist es", sagte er und beschleunigte den Schritt.

Im Sand lagen die Fetzen einer Zeitung, Apfelschalen, sandverkrustete leere Sonnenölflaschen und abgetragene Gummisohlen, die zwischen Gestrüpp und Teerklümpchen kaum zu erkennen waren. In der Nähe der Felsgruppe erkannte ich einen schwarzen Algenteppich. Wir wateten mitten hindurch und die durchsichtigen Wasserflöhe, die dort zu Tausenden nisteten, hüpften vor uns in die Luft.

„Da ist Carlo, der mit dem roten Pullover, siehst du ihn? Er hat uns noch nicht bemerkt."

Ich erkannte eine schmächtige, rote Gestalt, die sich suchend über einen Felsen beugte.

„Was macht er?", fragte ich und hielt mir schützend die Hand über die Augen.

„Er handelt, verkauft Messer, Zigarettenkippen und Schnaps. Und er hat eine echte Pistole."

„Und an wen verkauft er das?"

„An die anderen."

„Und der Große?"

„Der kommt später. Der ist nachts unterwegs und schläft morgens lang. Wenn er wüsste, dass du da bist, käme er sofort. Um dich zu kaufen. Er hat richtig viel Geld", sagte er und machte eine vielsagende Geste mit Daumen und Zeigefinger, die er sich bei Signor Pompei abgeschaut hatte. „Eros und Pica kommen auch gleich. Dann rauchen wir Carlos Zigaretten."

Wir blieben stehen, um auf einen stämmigen Jungen zu warten, der hinter uns herrannte. Er hatte einen breiten Kiefer, unter den Achseln wuchsen dichte Haarbüschel. Er trug ein graues Unterhemd, seine blaue Unterhose war hinten fast schwarz. Auf seinem Kopf saß eine salzverkrustete Baskenmütze aus Wolle.

„Ciao, Eros", begrüßte ihn Giovanni und legte ihm eine Hand auf die Schulter. Eros hustete, vom Rennen war er völlig außer Atem.

„Wer ist die da?", fragte er und blickte mich schräg von der Seite an.

„Meine Schwester. Sie ist wegen Gigio hier."

Eros betastete seinen Fuß. Er schien sich wehgetan zu haben.

„Gehen wir weiter", sagte er und schob Giovanni Richtung Wasser.

Carlo hatte uns entdeckt und winkte.

Wir versanken mit den Füßen im vom Wasser über-
spülten Sand. Eros und Giovanni gingen Arm in Arm vorneweg, ich hinterher.

„Ciao, Carlo."

„Ciao, Eros."

„Meine Schwester ist wegen Gigio hier", erklärte
Giovanni.

„Gibst du mir eine Kippe?", fuhr er fort.

„Ich habe keine."

„Das stimmt nicht. Zeig mal her."

Eros hielt Carlo an den Armen fest, während Giovanni
in seinen Taschen herumwühlte und eine Handvoll Kip-
pen, zwei Taschenmesser und ein paar Liremünzen voller
Tabakkrümel ans Tageslicht holte.

„Komm schon, mir ist kalt."

Eros griff nach den längsten Zigarettenstummeln.
Giovanni steckte die restlichen ein. Carlo ballte die Fäuste,
sagte aber nichts.

Wir setzten uns zwischen die spitzen Felsen, hin und
wieder traf uns der eine oder andere Wasserspritzer. Der
Wind wurde stärker, je höher die Sonne stieg. Man hörte
eine Stimme. Es war Pica, der über die Steine sprang, die
Haare hingen ihm über die Ohren, er lächelte breit.

„Hallo, Leute", rief er und winkte. Als er mich sah, verstummte er.

„Das ist Anna, Giovannis Schwester. Komm runter. Hast du Streichhölzer dabei?"

„Keine Mädchen, hatten wir gesagt. Ich bin der Anführer und ich will keine Mädchen hier", schimpfte Pica.

„Das ist Giovannis Schwester, für die gilt das nicht, die geht dann wieder", antwortete Eros ungeduldig.

„Sie ist wegen Gigio hier, mit uns hat das nichts zu tun", druckste Giovanni ängstlich herum.

Pica zog ein Päckchen Streichhölzer aus der Tasche und Eros beugte sich nach vorn, um die Flamme gegen den Wind zu schützen. Er zündete ein Streichholz an, das aber sofort wieder erlosch. Wütend warf er es weg und riss ein zweites an, das er mit der Brust und der Hand abschirmte, um den Wind abzuhalten. Die Zigarette brannte. Nach dem ersten Zug reichte Eros sie an Giovanni weiter. Dann kam Carlo und schließlich Pica, der inhalierte und hustete, wie ein alter Mann. Giovanni hielt mir die Kippe hin und ich nahm einen tiefen Zug.

Eros beobachtete mich misstrauisch. Pica schaute auf meinen Mund, aus dem dichter Rauch quoll.

„Ich habe Gigio gestern Abend gesehen, zusammen mit einem anderen", sagte Eros und tauchte einen Fuß in ein Wasserloch.

„Den habe ich ihm verkauft", platzte Carlo heraus und wurde rot.

„Wen?"

„Den mit dem Auto, für dreihundert Lire."

„Du bist besessen vom Verkaufen, du würdest sogar deine Mutter verhökern", sagte Pica und fuhr sich mit der Zunge über die aufgesprungenen Lippen. „Aber unsere Bande ist nicht zu verkaufen. Unter keinen Umständen."

Carlo erbleichte. Er hob das verschwitzte Gesicht fast ohne Augenbrauen, seine schmalen roten Lippen wirkten, als wären sie ihm mit einem seiner Taschenmesser ins Gesicht geschnitten worden.

„Ich verkaufe die Bande nicht", beteuerte er beleidigt, „wir haben eine Abmachung, oder? Ich habe nichts gesagt. Ich bin doch kein Verräter." Er schüttelte entschieden den Kopf. Pica zündete sich eine zweite Zigarette an, dieses Mal schützte er die Flamme mit den gewölbten Händen.

Carlo zog sich zwischen zwei Felsen zurück, den höchsten und einen niedrigen. Pica versetzte ihm einen Fußtritt, aber da er nicht reagierte, ließ er ihn in Ruhe.

Ich sog den salzigen Duft des Meeres ein, unter den sich der beißende Tabakgeruch mischte. Die Sonne brannte auf der Haut und der Wind zerzauste das Haar der schweigenden, schmollenden Jungs.

11

„Mit Mädchen macht es keinen Spaß", sagte Pica und streckte sich, „lasst uns auf Krebsjagd gehen. Heute können wir ohnehin nicht über Bandenangelegenheiten reden."

Eros folgte ihm durch die Felsen bis zur Wasserlinie. Carlo blieb schlecht gelaunt sitzen. Giovanni machte drei Sprünge auf ihn zu. Ich kletterte auf einen Felsen, der steil aus dem Wasser ragte, um die drei zu beobachten. Es war Flut, die Sandbank war mit Wasser bedeckt und die Wellen brachen schäumend an den Felsen.

Pica konnte sich gerade noch retten, aber Giovanni und Eros wurden von einem Brecher getroffen und gegen die Felswand gedrückt.

Auf Zehenspitzen tastete ich mich durch das scharfkantige Gestein nach unten. Giovanni streckte mir eine blutende Hand entgegen, er zitterte. Eros zog sich wimmernd nach oben, sein Rücken war aufgeschürft und das Blut lief ihm die Beine hinunter.

„Idioten, ich habe es euch doch gesagt", feixte Carlo schadenfroh.

„Sei still, Blödmann. Du bringst Unglück", gab Eros zurück und wollte sich auf ihn stürzen.

„Ihr habt einen Krebs gefangen", rief Carlo aufgeregt. Pica lachte. Giovanni biss die Zähne zusammen und presste sich eine Hand gegen die blutige Wange.

„Was für Idioten." Pica betrachtete erst ihre völlig durchnässten Klamotten und begann dann zu lachen. „Runter damit", sagt er zu den beiden, die noch stumm vor Angst auf das mit Salzwasser gemischte Blut starrten, von dem sie immer noch nicht so recht wussten, woher es kam.

„Mein Rücken tut weh, das brennt wie Feuer!", wimmerte Eros.

Pica riet ihm, den zerrissenen Pulli auszuziehen.

„Das gilt auch für dich, worauf wartest du noch?" Er drehte sich zu Giovanni. Giovanni streifte sich sofort das Hemd ab, während Eros sich hinter einem Felsen verkroch und seine Sachen zum Trocknen in die Sonne legte. Pica schaute versonnen auf seine Fingernägel. Der Wind drückte ihm das Hemd gegen den mageren Brustkorb. Er hob den Kopf, musterte mich mit ironischem Blick, schüttelte seinen Haarschopf, biss einen Fingernagel ab und spuckte ihn ins Meer. Dann knabberte er an der Nagelhaut herum und spuckte wieder. Dabei ließ er mich nicht aus den Augen.

Eros hatte den Kopf aufgestützt und gähnte. Ich betrachtete seinen sonnengebräunten nackten Oberkörper mit den durch das Unterhemd geschützten hellen Stellen und die dichten braunen Haarbüschel unter den Achseln. Er hatte seine Baskenmütze verloren und verfluchte die Wellen. Giovanni saß zitternd da, halb von einem Felsen verdeckt. Sein Gesicht war leichenblass, seine krummen Beine waren von Kratzern übersät. Er lehnte den Kopf gegen das Gestein.

„Ich habe eine Idee", platzte Pica so begeistert heraus, dass die Speicheltropfen durch die Luft flogen. Seine Augen glitzerten.

„Und welche?", fragte Eros und beugte sich zu ihm.

„Ja, welche?", drängte auch Giovanni und leckte sich über die zerkratzte Hand.

„Wir werfen Carlo ins Wasser. Er ist ein Feigling und ein Spion. Und er bringt Unglück."

Carlo erstarrte, er hob den Kopf und wagte kaum zu atmen. Wir starrten ihn an.

„Dabei gibt's nichts zu verkaufen", sagte Pica bösartig, „im Wasser kannst du keine Geschäfte machen, da musst du alleine durch. Deine Freunde waren schließlich auch schon im Wasser und sind nicht daran gestorben."

„Warum macht ihr das nicht mit ihr?", rief Carlo und deutete auf mich, „Sie ist auch noch trocken. Sie soll ins Wasser, werft sie doch rein."

Pica schlug sich mit der flachen Hand auf den Oberschenkel und spuckte einen letzten Hautfetzen ins Meer.

„Das könnte dir so passen, was?", sagte er und richtete sich auf, um zu zeigen, dass er der Größte und Stärkste von uns war.

Eros sagte, er sei einverstanden, und Giovanni fügte hinzu: „Macht nur." Mir waren die Beine eingeschlafen und mitten auf der Stirn, genau zwischen den Augen, spürte ich einen stechenden Schmerz. Die heftigen Windböen nahmen mir fast den Atem.

Pica schlich sich mit katzenhaften Bewegungen an Carlo heran und packte ihn von hinten. Eros kam von der anderen Seite und hielt ihm die Handgelenke auf dem Rücken fest. Giovanni umklammerte seine Beine. In Carlos weit aufgerissenen Augen standen Tränen, er klammerte sich mit beiden Händen an den Felsen fest, aus seinem Gesicht war alle Farbe gewichen. Er wusste nicht, wie ihm geschah.

„Feiglinge", schrie er und schluchzte laut auf. Pica machte sich über ihn lustig, beschimpfte ihn als Memme und boxte ihn in den Rücken.

„Lasst mich los, ich bring euch alle um", schrie Carlo mit erstickter Stimme.

„Widerstand ist zwecklos", sagte Pica und fuhr sich mit der Zunge über die Lippen, „willst du eine letzte Zigarette rauchen, bevor du hingerichtet wirst?"

Carlo versuchte sich zu befreien und sie wegzustoßen, aber Eros rammte ihm das Knie in den Rücken, sodass er nach vorn kippte.

Sie hielten ihn an Armen und Beinen, schleppten ihn ans Wasser, hoben ihn hoch und ließen dann los. Er fiel mit einem Platsch ins Meer, es spritzte und die beiden umarmten sich jubelnd.

Carlos Körper verschwand in den schäumenden Fluten und tauchte kurze Zeit später inmitten der Gischt wieder auf. Er riss den Mund auf, um Luft zu holen, er machte einen verzweifelten Eindruck. Der rote Pullover war wie ein Schlauch aufgebläht und wölbte sich über seine Schultern. Er gestikulierte wild.

„Der stirbt wirklich", murmelte Giovanni.

„Ach was." Pica winkte ab.

„Wir müssen ihn rausholen", drängte Giovanni.

Ich stand auf und kletterte hinunter. Ich hatte das Gefühl, dass er jeden Moment untergehen könnte. Pica packte mich am Arm.

„Bleib hier, du dummes Stück. Ich bin doch da. Und wenn er wirklich stirbt, umso besser", sagte er und weidete sich an Carlos zappelnden Bewegungen. Gerade geriet er wieder in ein Wellental, wurde hochgespült und gegen den Felsen geschleudert.

„Weg von den Klippen!", rief Eros ihm zu, die Hände zu einem Trichter geformt.

„Du kennst ihn nicht, er schwimmt wie ein Fisch", sagte Pica, „ein anderer wäre längst untergegangen. Er muss nur den richtigen Moment erwischen. Du wirst sehen, wenn er wieder hochkommt, lacht er und gibt später mit seinem Abenteuer an, glaub mir."

Carlo gewann den Kampf mit den Wellen, seine Bewegungen wurden kontrollierter. Er war am Ende seiner Kräfte und starrte uns mit flehenden Augen an.

„Bekomme ich die Taschenmesser?", fragte Eros feixend.

„Und ich die Pistole?", fügte Giovanni hinzu.

Am Horizont türmten sich jetzt schmutzig weiße Wolken, die Sonne verschleierte sich und war nur noch eine diffuse gelbliche Scheibe. Mir lief ein Schauer über den Rücken.

„Der Sommer ist vorbei", bemerkte Eros und rieb sich fröstelnd die Arme.

„Jetzt würde es ein Feuer brauchen", sagte Giovanni.

Carlo trat mit den Beinen, um sich über Wasser zu halten, den Kopf hatte er hochgereckt. Er suchte die Küstenlinie nach einem Halt ab.

„Verdammt kalt", sagte Eros, „ich zieh mir die nasse Hose wieder an." Giovanni folgte ihm.

Pica kam auf mich zu, sein breiter Kopf wackelte, die Hände hatte er in den Hosentaschen vergraben.

„Du hast keine richtigen Brüste und auch keine Hüften, was für eine Frau bist du eigentlich?", fragte er lachend.

Wir wurden von einem lauten Stöhnen unterbrochen und drehten uns um. Carlo hatte sich an den Algen festgeklammert und versuchte sich daran hochzuziehen, dabei stemmte er das aufgeschrammte Knie gegen den Felsen.

Doch der Sog der Welle war zu stark, er wurde wieder ins Wasser gezogen. Als ich bei ihm angekommen war, hatte er es tatsächlich geschafft. Er lehnte das Gesicht gegen den Felsen und weinte.

„Siehst du, was habe ich gesagt?", sagte Pica und schlug Carlo auf die Schulter, der zusammenzuckte und hustete.

„Du Schwein", erwiderte Carlo und spuckte Wasser aus.

„Warum?" Pica musterte ihn zufrieden.

„Du Schwein", wiederholte Carlo, der jetzt grünliche Galle spuckte. Die Augen hatte er weit aufgerissen.

„Dir ist kalt, was? Wie ekelhaft", meinte Pica und deutete auf das Erbrochene, das vom Wind fortgetragen wurde. „Komm, Anna."

Hinter der Klippe zog er mich mit Gewalt an sich, presste meine Brüste so fest zusammen, dass mir der Atem wegblieb, drängte mich gegen den Felsen und rieb seinen Körper an mir. Ich spürte deutlich das scharfkantige Gestein an meinem Rücken. Er presste seinen Mund so fest auf meine Lippen, dass ich keine Luft mehr bekam.

„Lass mich los", sagte ich.

Er küsste mich auf den Hals. Ich versuchte mich zu befreien. Er starrte mich mit glühenden Augen an. Ich trat nach ihm und stieß ihn von mir, dann kletterte ich die Klippe hoch, wo Giovanni und Eros in ihren nassen Kleidern schon warteten. Pica kam nach und spuckte auf den Boden.

Auch Carlo tauchte jetzt auf, triefend nass, das Erbrochene klebte an seinem Pullover, die Hose war zerrissen und die Haare hingen ihm ins Gesicht.

„Zurück von den Toten", spottete Eros und musterte ihn belustigt. Carlo bewegte die bläulichen Lippen, sagte aber nichts. Er kauerte sich zusammen und wimmerte vor sich hin.

„Er bringt wirklich Unglück", sagte Giovanni und betrachtete den immer finsterer werdenden Himmel, „kaum warst du im Wasser, hat das Meer seine Farbe verändert." Dann lachte er, dabei konnte man seine schmutzigen kleinen Zähne sehen.

„Ich an deiner Stelle wäre lieber still. Pica hat sich an deine Schwester rangemacht, das geschieht dir recht", erwiderte Carlo.

„Ist mir doch egal", gab Giovanni zurück und warf mir einen schüchternen Blick zu.

„Willst du noch mal ins Wasser?", drohte Pica und Carlo schwieg.

„Ich will nach Hause", jammerte er.

„Und was willst du da?"

„Es fängt bald an zu regnen."

„Na und? Was ändert das? Nass bist du ohnehin schon."

„Mir ist kalt." Carlos Lippen waren blau angelaufen, genau wie seine zitternden Finger.

„Du bleibst hier." Pica war unerbittlich. „Ein für alle Mal, hier bestimme ich. Ist das klar? Sonst kündige ich den Pakt und gehe."

„Lass es gut sein", sagte Eros.

„Ich schwöre, irgendwann breche ich ihm alle Knochen", drohte Pica, aber der Wind wehte seine Worte davon.

„Und ich werde mich rächen, so wahr mir Gott helfe", schrie Carlo.

„Werfen wir ihn wieder ins Wasser?", fragte Pica und tat so, als würde er auf ihn zugehen.

„Nein, Schluss jetzt", wimmerte Carlo, der die Drohung aber nicht wirklich ernst nahm.

„Einem wie dir sollte man am besten sein Ding abschneiden. Du bist ein Feigling und ein Angeber", sagte Pica. Carlo griff blitzschnell in die Tasche, zog ein Taschenmesser heraus und richtete die offene Klinge auf Pica. Eros zuckte zurück, blieb aber stehen. Giovanni machte einen Schritt zur Seite, um besser sehen zu können. Er hielt die Luft an. Pica wich aus und Carlo wäre fast wieder ins Wasser gefallen. Es gelang ihm, den Sturz abzufangen und ängstlich zu Pica zu schielen.

„Nicht mal dazu bist du fähig, du Idiot. Verkaufst Messer, kannst selbst aber nicht damit umgehen. Beim nächsten Versuch reiß ich dir den Arm ab." Pica bebte vor Wut.

Aus der Ferne war eine Stimme zu hören. Ein Mann kam winkend auf uns zu. Pica hob ungehalten den Kopf.

Eros war aufgesprungen und Carlo nutzte die Gunst der Stunde und ergriff die Flucht, dabei riss er sich an den scharfkantigen Steinen die Füße auf. Bei jedem Sprung drohte er wieder ins Wasser zu stürzen.

„Es ist Gigio", sagte Eros und rieb sich die Hände.

„Du hast ihn entkommen lassen", schimpfte Pica und boxte ihm in die Hüfte.

„Er bekommt mindestens eine Lungenentzündung", antwortete Eros, während er die schmale und gekrümmte Gestalt Gigios näher kommen sah. Er hatte die Hände in den Taschen vergraben, trug eine Baskenmütze und weite blaue Hosen.

„Was habe ich von einer Lungenentzündung? Ich wollte ihm sein Ding abschneiden", sagte Pica lachend.

„Ciao, Pica, ciao, Eros", rief Gigio, als er nur noch wenige Schritte entfernt war. Mit den Armen pendelnd sprang er von einem Felsen zum nächsten.

„Ciao, Gigio."

Pica wiegte die Hüften und steckte die Hände noch tiefer in die Taschen.

„Wo ist Carlo?", fragte Gigio und blickte sich mit seinen honigfarbenen Augen suchend um. Mit der Hand wischte er sich über das bleiche, fettige Gesicht. Er hatte tiefe dunkle Augenringe und rosige Lippen wie eine Frau.

„Abgehauen", antwortete Eros und streckte ihm die Hand entgegen.

„Ich habe jemand wegrennen sehen, das war dann wohl er. Aber warum?"

„Weil er ein Arsch ist", sagte Pica und richtete sich auf.

„Kippe?" Gigio holte ein Etui heraus, in dem die Zigaretten sorgfältig aufgereiht nebeneinanderlagen und von einem goldfarbenen Gummiband gehalten wurden. „Rauchst du auch?"

Ich nickte.

„Das ist Giovannis Schwester", erklärte Pica und starrte auf meine Beine, als der Wind meinen Rock nach oben wehte.

„Was willst du denn hier bei diesen kleinen Jungs? Bald fängt es an zu regnen und die haben nichts Besseres zu tun, als einfach hier zwischen den Felsen sitzen zu bleiben", sagte Gigio und betastete seinen Bauch. „Es ist noch nicht mal Mittag. Wir zwei machen jetzt eine kleine Spritztour. Und ihr?"

Giovanni war sauer. Eros blickte Gigio mit einer Mischung aus Bewunderung und Verblüffung an. Pica gab sich lässig.

„Und du, meine Hübsche?"

Ich zuckte mit den Schultern.

Gigio bot Pica noch eine Zigarette an, deutete auf das aufgewühlte Meer und seufzte.

„Ich bin hundemüde, ich habe die ganze Nacht nicht geschlafen. Und dieses Sodbrennen. Ich muss etwas getrunken haben, was mir nicht bekommen ist." Er streifte die Asche seiner Zigarette ab, die vom Wind in einem kleinen Wirbel fortgetragen wurde.

„Nimmst du mich im Boot mit?", fragte Giovanni.

„Bei dem Wetter?", fragte Gigio zurück und deutete auf das immer bedrohlicher wirkende Meer.

Wir rauchten schweigend, die Augen gerötet von Wind und Asche, die Beine steif vor Kälte. Meine Hände waren eisig und mir lief die Nase. Ich hatte kein Taschentuch dabei und schniefte. Gigio musterte mich prüfend, seine olivgrünen Augen standen leicht schief. Hin und wieder öffnete er die vollen Lippen, um die Zigarette an den Mund zu führen. Unter der schwarzen Baskenmütze lugte ein Büschel blonder Haare hervor, der Kragen seines rot gestreiften Hemdes ließ den Hals frei.

„Gehen wir", sagte er und Pica, der jetzt wesentlich weniger souverän wirkte, sprang linkisch auf, gleichzeitig versuchte er sein zerknittertes Hemd in die Hose zu stopfen.

Während wir nach dem sichersten Weg zwischen den Felsen suchten, war über unseren Köpfen ein tiefes Brummen zu hören, das nach kurzer Zeit wieder abschwoll. Flugzeuge mit dem Ziel Rom.

„Die Alliierten", sagte Gigio und versuchte die Maschinen zwischen den Wolken auszumachen.

„Sie sind auf dem Weg in den Tod", entgegnete Eros.

„Mussolini ist stark", bekräftigte Giovanni und klammerte sich an einen Felsvorsprung, um das Gleichgewicht nicht zu verlieren.

Als wir das Ufer erreicht hatten, fielen die ersten Tropfen.

Der Wind war plötzlich abgeflaut, der Strand übersät von Papierfetzen und leeren Dosen. In der Ferne tanzte ein Fischerboot auf den Wellen. Die lauwarmen Regentropfen malten unregelmäßige Löcher in den Sand. Pica, Giovanni und Eros rannten auf Santa Martina zu. Gigio hatte die Hand auf meinen Nacken gelegt, er schien in Gedanken versunken und ging langsam weiter.

„Das Auto steht ganz in der Nähe", sagte er. „Ist dir kalt?"

„Nein."

„Das Auto steht ganz in der Nähe."

12

Als ich nach Hause kam, lag der süßlich-herbe Geruch Gigios auf meiner Haut. Mein Rücken schmerzte, meine Augen tränten und ich war müde. Giovanni war noch immer nicht da. Nina lächelte, als sie mich sah.

„Hast du dich amüsiert?", fragte sie und nahm die Vase mit den künstlichen Blumen vom Tisch, um die Decke aufzulegen und den Tisch zu decken.

Ich antwortete nicht und ging rasch in mein Zimmer. Sie schaute mir nach und schlurfte wieder in die Küche.

Im Zimmer war es kalt, durch das offene Fenster hatte es reingeregnet, auf dem Boden stand eine Pfütze. Giovannis Bett war triefend nass. Die Wände kamen mir noch nackter und nüchterner vor als sonst.

Der Öldruck mit der Madonna hing schief, der Nagel hatte Mühe, das Gewicht des unechten Goldrahmens zu tragen. Der Spiegel in der Schranktür reflektierte das kalte Weiß der Wand und der Decke, auf der sich ein feuchter Fleck ausbreitete.

Ich schloss das Fenster und legte mich zitternd auf mein Bett. Dann löste ich den Verschluss meiner schlammverkrusteten Sandalen und schlüpfte unter das Laken. Ich kniff die Augen zusammen, um im Spiegel mein bleiches Gesicht mit den schwarz umrandeten Augen nicht sehen zu müssen. Ich drehte mich zur Wand, aber mir war klar, dass ich nicht einschlafen konnte. Immer wieder musste ich an Gigios Auto denken, an die Wärme und den Geruch nach Staub und Tabak.

Es kam mir vor, als würde ich wieder neben ihm sitzen, ich sah ihn rauchend und nachdenklich am Steuer sitzen, aber nicht losfahren. Ich war schon lange nicht mehr in einem Auto gefahren und hätte mir gewünscht, er würde endlich den Motor starten, um mich dem angenehmen Gefühl der Geschwindigkeit hingeben zu können.

„Fahren wir?", fragte ich und berührte ihn am Arm.

Gigio schaute mich an und runzelte die Stirn. Seine Augen hatten die Farbe einer getrockneten Zitronenschale. Er warf den Zigarettenstummel aus dem Fenster und fragte, wohin ich wollte.

„Fahren wir", wiederholte ich. Er nahm mein Gesicht zwischen die Hände und küsste mich sanft, dabei berührte er kaum meine Lippen.

„Fahren wir", sagte ich ein drittes Mal, sobald ich wieder sprechen konnte. Er wandte sein müdes Gesicht ab, beugte sich über das Lenkrad, die Stirn ruhte auf seinen Händen. Dann schaute er abwesend nach draußen.

„Warst du schon mal mit einem Mann zusammen?", fragte er unvermittelt und drehte sich zu mir. Sein Mund wirkte jetzt erdfarben, er lag zwischen zwei tiefen Falten, die von der Nase bis zum Kinn reichten.

„Nein", antwortete ich und schaute ihn an. Er schüttelte verärgert den Kopf.

„Warum bist du dann mit mir gegangen?", fragte er und legte mir seine trockene kalte Hand aufs Knie.

„Ich weiß nicht."

„Ich mag kleine Jungs, wie deinen Bruder", sagte er und legte den Kopf gegen die Scheibe. Wie alt er wohl sein mochte? Er wirkte nicht älter als dreißig.

„Bist du alt?", fragte ich und zitterte unter der Berührung seiner eiskalten Hand.

„Nein. Aber ich liebe unverdorbene Körper. Sauber und unberührt. Ich hasse das Fleisch. Ich hasse das Alter. Ich hasse Frauen, ich hasse Mutterschaft." Dabei schlug er mit dem Kopf mehrere Male gegen die Scheibe. Dann drehte er sich plötzlich um, packte mich an den Schultern und zog mir die Bluse herunter. Auf meinem nackten Rücken spürte ich den Druck seiner kalten knochigen Hand.

„Du hast einen knabenhaften Rücken", sagte er und presste seine Lippen auf meine Schulter.

„Wann fahren wir?"

„Dein Rücken ist fest und glatt, ohne den Abdruck eines Trägers. Ich mag deinen Rücken." Er beugte sich nach unten, küsste mich auf die Schulter und bohrte seine Zähne in mein Fleisch. Ich versuchte ihn abzuwehren.

Als schließlich näher kommende Schritte zu hören waren, startete Gigio den Motor. Der Wagen fuhr ruckartig an, wir nahmen die Landstraße, die sich zwischen Rebstöcken und Kastanienbäumen hindurchschlängelte. Der Himmel war mit dunklen Wolken überzogen, von den Scheiben perlten Regentropfen. Erst hatte es aufgehört zu regnen, dann aber wieder begonnen. Der Regen rann vom Dach des alten Autos und sammelte sich in den Rillen der Karosserie.

Gigio schaltete den Scheibenwischer an.

An einer einsamen Straßenbiegung, zwischen hohen Büschen, bremste er abrupt. Ich wurde nach vorn geschleudert. Er schaltete den Scheibenwischer wieder aus, nahm eine Zigarette aus dem Etui und zündete sie an.

„Ist dir kalt?"

„Nein", antwortete ich. Der Stoff des Sitzpolsters wärmte mir die Beine. Ich zog die nassen Sandalen aus und rieb mir die steif gewordenen Füße.

„Ich darf nicht daran denken, dass der Sommer zu Ende ist und ich nach Rom zurückmuss", sagte er.

„Warum?"

„Um zu arbeiten."

„Was machst du?"

„Ich bin Innenausstatter und Bühnenbildner, wusstest du das nicht?"

„Warum?"

„Da gibt es kein Warum. Ich liebe die schönen Dinge."

„Musst du nicht in den Krieg?"

„Sie haben mich ausgemustert."

„Warum?"

„Ich bin nicht männlich genug."

„Warum?"

„Sagen wir, Krieg ist nichts für mich. Ich liebe die schönen Dinge, das habe ich ja schon gesagt. Weißt du, was der Krieg ist? Eine Auslese, aber in umgekehrter Richtung: Die Besten sterben und die Schlechten bleiben zu Hause."

„Was richtest du denn ein?"

„Häuser, Villen, Hotels. Gerade arbeite ich aber am Bühnenbild für eine Oper."

„Ist die Oper etwas Schönes?"

„Manchmal. Die Deutschen lieben die Oper, das macht sie mir sympathisch. Nach dem Krieg werde ich das Bühnenbild für *Francesca da Rimini* gestalten. Kennst du D'Annunzio?"

„Nein."

„Ein Dichter, ein großer Dichter. Ich hätte gerne sein Haus eingerichtet. Weißt du, wo er gewohnt hat? Am Gardasee, in einer Villa in Form eines Schiffes."

„Warum ein Schiff?"

„Ein Schiff zwischen den Zypressen, das ist poetisch, oder?"

„Aber es bewegt sich nicht."

„Stimmt, es ist zwischen den Felsen gefangen, aber eines Tages wird es sich befreien und wieder lossegeln. Ist das nicht schön?"

Ich neigte gelangweilt den Kopf. Er sprach weiter, dabei drückte er sich an mich, seine Lippen suchten mein Ohr, dann zog er sich unvermittelt wieder zurück.

„Lass uns rausgehen", sagte ich, öffnete die Tür und stieg aus, dabei zog ich mir die Bluse wieder über die Brust. Der Regen hatte aufgehört, aber mir war kalt.

Als ich ein Gebüsch streifte, regneten Tropfen auf meine Füße und meine Schultern. Gigio war im Auto geblieben und rauchte, dabei betrachtete er die menschenleere Straße. Ich sog tief die nach Gras und Erde riechende frische Luft ein.

„Komm raus", sagte ich, aber er schüttelte den Kopf und blies den Rauch durch die Nase aus.

Ich ging einige Schritte durch das feuchte Gras, meine Knöchel und Waden wurden nass. Von irgendwoher kam mir ein Huhn entgegen, wackelte mit dem Kopf und unterbrach hin und wieder das Picken, um mich zu beobachten. Ich musste lachen.

„Warum lachst du?", rief Gigio und streckte den Kopf aus dem Auto.

„Da ist ein Huhn", sagte ich und klatschte in die Hände, um es zu verscheuchen.

„Komm wieder rein", sagte Gigio ungeduldig.

Ich tat so, als hätte ich ihn nicht gehört, und ging noch ein bisschen weiter. Am Horizont erkannte ich den dunklen Streifen des Meeres und die neuen weißen Häuser von Santa Martina, aus falschem Marmor, mit Säulen und dunklen Bögen. Als ich mich bückte, um einen dürren Zweig aufzuheben, begann es wieder zu regnen. Ich ging zum Auto zurück.

„Deine Beine sind ganz nass und kalt", sagte Gigio lächelnd und rieb mir kräftig die Knöchel. „Frierst du nicht?"

„Jetzt schon."

„Ich wärme dich", sagte er und drückte mich in den weichen breiten Autositz.

Nina tauchte im Zimmer auf, die Hände in die Hüften gestemmt.

„Was, du liegst wieder im Bett? Na gut, immerhin bist du heute Morgen sehr früh aufgestanden. Wann seid ihr denn aus dem Haus gegangen? Als ich bemerkt habe, dass ihr nicht da seid, habe ich mir Sorgen gemacht. Zum Glück kam eine alte Frau vorbei, die hatte euch auf dem Weg zu den Felsen gesehen. Da habe ich mich wieder beruhigt. Dir ist kalt, was? Deine Haare sind ja ganz nass. Und der gelbe Rock, den ich dir geschenkt habe, auch. Und jetzt schau mal, wie der aussieht. Ich frage mich, ob ihr überhaupt Geschenke verdient habt. Du bist noch schlimmer als dein Bruder. Stehst du jetzt auf?", fragte sie und streckte den Kopf mit den ungekämmten Locken in meine Richtung.

„Ich komme gleich", antwortete ich und streckte die Beine unter dem Laken aus.

„Du musst mir beim Tischdecken helfen, wir haben wenig Zeit, die Pompeis kommen heute zum Pokern. Vielleicht sogar Signora Pulella, die Schwester des Bürgermeisters. Ich muss noch den Saum meines violetten Kleids annähen. Bei diesem Wetter weiß ich nicht, was ich anziehen soll. Für das eine Kleid ist es zu heiß, für das andere zu kalt, schrecklich. Was meinst du? Lieber das violette oder das schwarze, das ich gestern getragen habe?"

„Dir stehen beide gut."

Nina lächelte zufrieden und ging mit wiegenden Hüften aus dem Zimmer.

Ich stand auf und zog ein trockenes Kleid an. Auf dem Weg ins Badezimmer stieß ich mit Armando zusammen, der sich wütend umdrehte.

„Immer stehst du im Weg", schimpfte er und richtete sich die Krawatte.

Er ging zur Tür, blieb dann stehen, drehte sich um und sagte mit schriller Stimme: „Ich bin einberufen worden. Am Montag geht es los. Ich muss nach Salò. Sie haben den Jahrgang 1925 einberufen, verstehst du, den Jahrgang 1925."

„Wann fährst du?", fragte ich verblüfft. Armando, der nie etwas tun musste und sich nur mit sich selbst beschäftigte, musste in den Krieg wie alle anderen?

Nina kam in den Flur. Als sie Armando sah, blieb sie stehen und sah ihn breit lächelnd an.

„Du bist ja krebsrot. Was ist denn los?", fragte sie in ironischem Tonfall und wedelte sich mit der gefalteten Zeitung Luft zu.

„Ich werde Soldat", wiederholte Armando verschämt.

„Wohin musst du?", fragte sie ungläubig.

„Nach Salò. Wie soll ich es euch sagen? Vielleicht seht ihr mich nie wieder. Sie haben den Jahrgang 1925 einberufen."

Nina wedelte nicht mehr und sah ihn stirnrunzelnd an. Sie machte zwei Schritte auf ihn zu, trat dann aber wieder zurück, als hätte sie es sich anders überlegt.

„Ein bisschen Disziplin wird dir guttun", sagte sie kühl. „Wo liegt denn dieses Salò?"

Armando verzog angewidert den Mund und verließ leicht schwankend die Wohnung.

„Der Arme", meinte Nina, als Armando weg war, „er ist noch so jung. Sterben ist keine schöne Sache."

„Er wird nicht sterben", entgegnete ich halbherzig.

„Ein Schwächling wie er, wie soll der das aushalten? Es heißt, die Deutschen würden die neuen Rekruten nach Deutschland bringen. Da ist es kalt und das Essen ist schlecht. Es heißt, sie müssten gegen die Russen kämpfen. Und hinter der Front arbeiten. Wo ist Salò noch mal? Was hat er gesagt?"

„Ich weiß es nicht. Im Norden, glaube ich."

Nina neigte nachdenklich den Kopf und strich sich mit einer Hand über den Hals, die andere ruhte auf der Hüfte. Ihr Profil mit dem markanten Kinn hob sich gegen das Fenster ab. Auf dem Fensterbrett schlich die Katze vorbei. Wieder einmal fiel mir auf, wie ähnlich sich die Katze und Nina waren, beide hatten diese sanfte und zerstreute Anmut.

„Der Abwasch ruiniert mir die Hände", murmelte Nina und schaute auf ihre geschwollenen Handrücken. Sie steckte einen Finger in eine Dose mit Creme und rieb sich die Hände damit ein, dabei massierte sie die entzündeten Stellen. Dann zog sie ein Knie ans Kinn, nahm den Fuß in die Hand und begann sich die Fußnägel zu lackieren. „Der arme Armando", murmelte sie und schüttelte den Kopf. Der Morgenmantel öffnete sich über ihren Brüsten, die sie lächelnd betrachtete.

13

Giovanni kam in die Küche gerannt, trank ein Glas Wasser und sah sich missmutig um.

„Ich habe Hunger!", rief er noch ganz außer Atem. Nina lächelte ihn mütterlich an und ging auf ihn zu, um ihn zu küssen. Aber Giovanni sträubte sich und wiederholte, dass er hungrig sei.

„Es dauert nicht mehr lange, Giovannino. Lass mich diese Kratzer auf deiner Wange anschauen. Die sind ja richtig tief! Weißt du nicht, wie gefährlich es ist, in den Klippen zu spielen? Das Meer ist böse", sagte sie mit singender sanfter Stimme. „Ich wette, ihr wolltet Krebse fangen", fuhr sie fort und bückte sich, um die Teller aus dem Schrank zu holen. „Aber an einem solchen Tag bleibt man besser zu Hause, bei diesem Regen, mit den Wellen, die hoch wie Berge sind. Außerdem gefallen mir deine Freunde nicht. Der Sohn des Schuhmachers, der Sohn eines Bagnino. Du solltest mit Jungs deines Standes spielen, die sind wenigstens gewaschen und laufen nicht wie Landstreicher herum. Im Strandbad gibt es genug Jungs aus wohlhabenden, guten Elternhäusern, aber dort gehst du nie hin. Kaum schaue ich nicht hin, bist du verschwunden, keine Ahnung, wohin. Dein Vater hat euch mir anvertraut. Aber es ist nicht leicht, mit euch zurechtzukommen." Ihre Stimme klang plötzlich traurig und niedergeschlagen. „Euch ist alles egal", sagte sie wie zu sich selbst. „Wenn ich euch rufe, verschwindet ihr einfach. Und wenn ich euch etwas sage, hört ihr nicht zu." Sie hielt inne, beschämt, so ehrlich gewesen zu sein. Sie schien sich selbst nicht erklären zu können, warum sie sich das alles so zu Herzen nahm. Sie hustete, richtete sich auf und sah jetzt wieder kühl und gelangweilt aus.

Giovanni musterte sie amüsiert, er hatte ihr gar nicht richtig zugehört. Nina schlurfte in ihren Pantoffeln in die Küche zurück und summte eine kitschige Melodie. Die Katze landete mit einem anmutigen Satz auf dem Fensterbrett. Giovanni stürmte mit hochgerecktem Löffel auf sie zu. Die Katze lief erschreckt davon, der Löffel flog in Richtung Decke und landete klirrend am Boden.

Nina tauchte mit einer Schüssel dampfender Spaghetti auf, wir saßen bereits schweigend auf unseren Plätzen. Giovanni warf mir angstvolle Blicke zu. Ich zerbröselte ein Stück Brot und zählte dabei die Fliegen, die auf der Ölflasche saßen.

Während ich die Spaghetti um die Gabel wickelte, tauchte Armando wieder auf und blieb unschlüssig auf der Schwelle stehen. Er kratzte sich am Kopf.

„Wann fährst du?", fragte Nina mit vollem Mund.

„Was weiß ich."

„Du weißt nicht, wann du dich melden musst?"

„Papa sagt, schnellstmöglich. Auf der Karte steht binnen sechs Tagen. Mama weint nur noch. Ich kann jetzt nicht nach oben, das halte ich nicht aus. Ich will nicht weg. Ich will nicht in den Krieg. Ich bin erst achtzehn, was denkst du denn? Ich will das nicht. Ich will nicht weg." Er kaute an seinen Fingernägeln.

Kurz darauf kam Signora Mary, sie trug einen orangefarbenen Morgenmantel, hielt sich ein Taschentuch vor das Gesicht und schluchzte. Pompeo folgte ihr, er war bereits elegant gekleidet, wirkte aber verschlafen und verstört.

„Mein armer Sohn", jammerte Signora Mary.

„Lass es. Soldat sein zu dürfen ist eine Ehre", fuhr ihr Mann sie an. Seine Stimme hatte einen düsteren Unterton.

„Und wenn er stirbt?" Signora Marys Stimme klang schrill.

„Was redest du denn da, du dumme Gans. Ein guter Soldat stirbt nicht, er kämpft." Dabei schaute er seinen Sohn an, als wolle er ihn von seinen Worten überzeugen.

„Du hast doch gute Freunde, Pompeo, der Bürgermeister, Avvocato Mario und Colonello Anvio. Was nützt dir die Freundschaft, frage ich dich, was nützt sie uns, wenn sie uns nicht einmal diesen Gefallen tun?"

„Sie können auch nichts machen. Und du wirst doch nicht von mir verlangen, dass ich den Colonello bitte, meinen Sohn vom Dienst zu befreien. Armando ist jung und stark. Er muss Soldat werden. Der Krieg wird nicht mehr lange dauern, es ist nur noch eine Frage der Zeit. Gerade jetzt braucht Mussolini Hilfe, jetzt ist die Jugend gefragt. Es wäre Verrat, sich nun zu drücken."

„Du redest und redest, du musst ja nicht weg. Du riskierst nichts. Und wenn er auf dem Feld bleibt?" Signora Mary brach erneut in Tränen aus und drückte das Taschentuch an die Augen. „Er ist gerade mal achtzehn, Pompeo. Der Krieg ist nichts für ihn. Ich habe das Gefühl zu ersticken." Sie sank auf einen Stuhl, gestützt von Mann und Sohn.

Nina aß schweigend weiter, sie hatte genug von Signora Marys Theater. Ihr Blick ruhte auf Armando, der erst blass und dann rot wurde.

„Wollt ihr einen Mischkaffee?", fragte sie, schon auf dem Weg in die Küche.

Pompei nickte. Signora Mary spuckte ins Taschentuch und stierte auf ihren Speichel. Giovanni aß weiter, den Kopf gesenkt, während Armando versuchte, sich wieder zu fassen und souverän zu wirken.

„Ich gehe morgen", platzte er heraus. Seine Mutter zerknüllte das Taschentuch und begann wieder zu schluchzen. Sein Vater schlug ihm auf die Schulter. „Bravo!", sagte er. „Du tust deine Pflicht." Giovanni grinste dümmlich. Ich versuchte mir Armando in Reih und Glied mit anderen Soldaten vorzustellen, das Gewehr auf dem Rücken und das faschistische Abzeichen an der Brust.

Nina kam mit einem Tablett aus der Küche und stellte es neben dem Stapel mit den schmutzigen Tellern auf den Tisch. Fast liebevoll griff sie nach den Tassen und verteilte sie. Als sie eine Tasse mit einem Sprung entdeckte, hob sie diese prüfend vor ihre kurzsichtigen Augen.

Signora Mary beugte sich nach vorn, um die Ursache für Ninas bestürzten Gesichtsausdruck zu ergründen. Nina seufzte und goss den Kaffee ein, dabei fragte sie sich, wie und wo die Tasse beschädigt worden sein könnte. Dann rülpste Giovanni und sie musste lachen. Pompei nahm seine Tasse und gab vier Löffel Zucker hinein, den sie auf dem Schwarzmarkt ergattert hatten. Signora Mary nippte mit verzücktem Gesicht an ihrem Kaffee, während Armando weiter auf die Wand starrte und die Hand seiner Mutter hielt.

Das Schlagen der Uhr durchbrach die Stille. Halb vier. Signora Mary zuckte zusammen, Armando drehte den Kopf in ihre Richtung, um zu sehen, ob sie noch weinte. Als sie den Kopf mit den grau melierten roten Locken hob, atmete er erleichtert auf.

„Oh Gott, Signora Pulella", rief Signora Mary und stieß ihren Mann in die Seite. „Sie wird bald da sein und wir sind noch nicht fertig. Liebe Nina, beeil dich bitte mit dem Abräumen. Leg die gute Decke auf den Tisch, hol den Aschenbecher und neue Karten. Vergiss den Bleistift nicht, und er muss gespitzt sein. Pompeo, beeil dich. Armanduccio, komm."

Sie stieg die Treppe hoch, dabei unterhielt sie sich mit ihrem Mann über den Bürgermeister und seine Schwester. Armando folgte ihnen.

Nina bat mich abzuräumen, während sie sich schick machte. Giovanni blieb sitzen und meckerte, er habe noch Hunger. Die Spaghetti würden ihm nur den Bauch aufblähen, mehr aber nicht.

„Ich will ein Stück Fleisch", sagte er starrköpfig.

„Wir haben Krieg", sagte ich, ein Argument, das ich schon Hunderte Male von Mumuri und Nina gehört hatte.

„Es soll endlich aufhören zu regnen", maulte er weiter und schaute auf die dicken Tropfen auf der Fensterscheibe.

„Der Sommer ist vorbei", erwiderte ich mit den Worten, die Gigio im Auto gesagt hatte.

„Hat er dich im Auto mitgenommen?", fragte er und verzog den Mund.

„Wer?"

„Du weißt schon."

„Gigio?"

„Wer sonst?"

„Ja. Dich auch?"

„Weiß ich nicht mehr", antwortete er und wandte das Gesicht ab.

„Er hasst Frauen, der Krieg ist eine Auslese, nur in umgekehrter Richtung. D'Annunzio ist ein großer Dichter."

Giovanni lachte. „Das zwischen den Felsen gefangene Schiff. Was für ein Idiot! Er hat mir Geld gegeben, für dich und für mich. Hundert Lire. Willst du die Hälfte?"

„Fünfzig? Gib her."

Er gab mir das Geld und ich steckte es mir unter den Pullover. Nina kam herein, sie hatte den Mund voller Haarklammern, ihr Kleid war noch nicht zugeknöpft und rutschte ihr über die Schultern. Sie bat mich, ihr zu helfen, und ich begann die Knöpfe am Rücken zu schließen.

„Beeil dich", drängte sie.

Dann ging sie ins Bad, dabei versuchte sie die glänzenden schwarzen Locken zu bändigen.

„Wann ist der Krieg zu Ende?", fragte Giovanni und schaute aus dem Fenster.

„Keine Ahnung."

„Ich möchte in den Krieg ziehen. Und mit einem richtigen Gewehr schießen."

„Beim nächsten bist du dabei."

„Wenn ich mit der Schule fertig bin, gehe ich arbeiten, wie Mumuri. Dann kaufe ich mir auch so eine Maschine", sagte er, ahmte das Motorgeräusch nach und tat so, als ob er auf einem Motorrad sitzen würde.

Nina kam zurück. Sie war bestens gelaunt, sie hatte sich die Wangen gepudert und auf ihren vollen Lippen glänzte Lippenstift. Am Handgelenk trug sie ein goldenes Armband, um den Hals eine Kette mit dem Medaillon der Madonna. Ich konnte ihren Duft wahrnehmen, sie roch nach Seife, Talkum und Veilchenwasser.

„Signora Pulella hier, Signora Pulella da", imitierte sie Signora Marys Stimme, „diese aufgedonnerte Hure." Sie warf einen Seitenblick auf Giovanni und biss sich auf die Zunge. Sie hätte nicht fluchen sollen. „Sie ist natürlich eine Dame, mit allem Tamtam, wie es sich gehört", sie konnte sich die Bemerkung nicht verkneifen, „immerhin ist sie die Schwester des Bürgermeisters. Sie lässt sich die Kleider von der Renzoni schneidern, fährt im Auto der Partei nach Rom, lädt große Namen aus dem Ministerium ein. Und serviert Hühnchen. Der Schlag soll sie treffen. Und dabei treibt sie es heimlich mit den Bagnini. Ich meine, ein bisschen Würde muss man doch haben. Alle Welt weiß, dass sie diesem Schnösel mit der tief sitzenden Baskenmütze hinterherläuft. Wahrscheinlich ist er Kommunist. Von wegen *Signora* Pulella. Wenn ich Mary wäre, würde ich nicht so viel Wind um dieses Weibsbild machen."

Sie hielt inne und steckte sich einen Rest Brot in den Mund, der auf dem Tisch liegen geblieben war. Dann sah sie prüfend auf den Fußboden, aber auch hier war alles sauber. Sie verschwand in der Küche, warf einen Blick in den Spiegel und kam mit noch feuchten hohen Gläsern zurück.

Als es klingelte, flüchtete Giovanni in unser Zimmer. Nina hörte Radio, die Ellbogen auf den Tisch gestützt, das Gesicht in den Händen vergraben.

Signora Pulella und ihr Sohn kamen herein, ein linkischer junger Mann, der sich mit beleidigtem Gesicht in die Ecke setzte, während seine Mutter Nina etwas ins Ohr flüsterte und mit einer Zeitung wedelte.

„Anna, gib den Pompeis Bescheid, dass Signora Pulella gekommen ist", sagte sie und schubste mich nach vorn.

„Wer ist denn dieses hübsche Mädchen?", hörte ich Signora Pulella fragen, während ich nach oben ging. Nina gab leise und verlegen Antwort. „Ach, das ist Mumuris Tochter", rief die Pulella mit schriller Stimme und höflichem Lächeln und sah mir hinterher.

Armando kam mit mir herunter, noch vor seinen Eltern, um seinen Freund Tito zu begrüßen. Signora Pulella konnte sich gar nicht beruhigen, wie groß er geworden war. „Du siehst ganz anders aus", sagte sie und wollte ihn umarmen. Armando wehrte ab und ging auf seinen Freund zu.

„Ciao, Tito."

„Ciao, Armando."

„Ich bin eingezogen worden, was für ein Mist", sagte Armando.

„Bist du Jahrgang 1925?"

„Ja, und du?"

„1928, haarscharf vorbei", sagte er zufrieden und warf seinem Freund einen aufmerksamen Blick zu.

„Der arme Junge", sagte Signora Pulella und steckte sich ein buntes Bonbon in den Mund.

„Ich tue meine Pflicht", sagte Armando mit beißendem Spott und schlug die Hacken zusammen. Signora Pulella verstand die Ironie nicht und sagte nickend: „Bravo." Tito lachte, dabei tanzte die blonde Locke auf seiner niedrigen pickligen Stirn auf und ab. Er sah sich um, unter seinen wasserblauen Augen lagen tiefe Schatten. Wenn er lachte, verzog er den Mund zu einer Grimasse, um seine schlechten, schiefen Zähne zu verbergen.

Die beiden Pompeis betraten den Raum und hoben die Hand zum Gruß. Signora Mary war wie üblich mit Schmuck behängt und roch nach Anisette, Pompeo trug eine rote Satinkrawatte. Seine behaarten Handgelenke schauten aus den Hemdsärmeln hervor, sein stattlicher Bauch wölbte sich über der Hose.

Signora Mary und Signora Pulella umarmten einander vorsichtig, damit sich ihre gepuderten Wangen und die mit Brillantine und Haarklammern fixierten Frisuren nicht berührten. Nachdem sie gegenseitig ihren Schmuck begutachtet hatten, sprachen sie über ihre Söhne und bedachten sie mit liebevollen Blicken. Pompei hatte es sich auf dem bequemsten Stuhl gemütlich gemacht und mischte mit zusammengekniffenen Augen die Karten. Im Mundwinkel hatte er eine Zigarette, deren Rauch nach oben stieg und ihn störte. Nina lehnte mit schläfrigem Blick gegen den Rücken ihres Stuhls und betrachtete ihre frisch lackierten Fingernägel.

Armando und Tito zogen sich in eine Ecke zurück, die anderen nahmen ihre Plätze rund um den Tisch ein.

„Spielt Armando nicht mit?", fragte Signora Pulella, die unbedingt anfangen wollte, „Poker zu viert liegt mir nicht."

Armando zuckte zusammen, gehorchte aber und setzte sich neben sie. Tito rückte näher an meinen Stuhl, schaute mich aber nicht an.

Das Spiel begann schweigend, nur hin und wieder von Signora Pulellas Lachen und Signora Marys Seufzen unterbrochen. Pompei spielte bedächtig und mit Umsicht, Armando war mit seinen Gedanken woanders, Nina wirkte verträumt, ihre Brüste ruhten leicht auf dem Tisch, ihre Augen starrten ins Nichts.

Signora Pulella war ungeduldig, sie konnte nicht warten, bis sie an der Reihe war, und plapperte über alles Mögliche. Pompei sah sie hasserfüllt an. Armando war nervös, er verlor von Anfang an. Signora Mary wiegte den Kopf hin und her und wollte ihm Ratschläge geben, die er aber nicht hören wollte. Tito starrte mit dümmlichem Grinsen auf die Karten, seine Mutter ließ sich von ihm eine Zigarette anzünden. Sie sog tief den Rauch ein und blies ihn entschlossen aus, zufrieden mit ihren guten Karten. Der grüne Samt spannte über ihren üppigen Armen. Über der Brust war ihr Kleid mit einer Brosche zu Falten gerafft, die Signora Mary wie hypnotisiert anstarrte. Vielleicht hatte sie vor, sich irgendwann eine ähnliche zu kaufen? Insgeheim hielt sie diesen Schnitt allerdings nicht für besonders vorteilhaft, im Gegenteil, der dralle Körper der Freundin wirkte darin noch ausladender.

„Eröffnest du?"

„Nein."

„Für mich drei Karten."

„Passe."

Die Stimmen wurden nach und nach leiser, je höher der Einsatz wurde, desto interessanter entwickelte sich das Spiel. Sie klangen mechanisch, alle hatten den gleichen gierigen Unterton. Nina blieb ruhig, sie verlor, aber das störte sie nicht. Sie fächerte die Karten zwischen den rundlichen Fingern auf und überlegte lange, bevor sie sich zu einem Spielzug entschloss. Hin und wieder gewann sie auch eine Runde und lächelte zufrieden.

Ich kämpfte mit der Müdigkeit und musste ans Internat denken. Ich wehrte mich gegen die Bilder der Schwestern, die vor meinem inneren Auge abliefen. Wie sie sich über den dreckigen Boden beugten, wie der Besen von einer Hand in die andere wanderte, während sie sich über eine

Frau unterhielten, die sich nicht entschließen konnte, nie-
derzukommen. Eine Strafe Gottes. „So viel Mühe für
nichts", murmelten sie. Die Frau schien dem Tod geweiht.
Wenn wir näher kamen, pressten sie misstrauisch die Lippen zusammen. In jedem Zimmer hing ein ans Kreuz ge-
schlagener Christus, das Haupt auf die Schulter geneigt,
der graue Bart blutbefleckt. Von diesen Kruzifixen ging
ein modriger Geruch aus. Wir mussten niederknien und
die blutbesudelten Füße küssen, der Nagel, der sie durch-
bohrte, hatte sich gelockert und wackelte. Immer abwech-
selnd mussten wir den Boden putzen. Ich zog mir finger-
lose Wollhandschuhe an und umklammerte den hölzernen
Stil des Besens. Vom Steinboden kroch feuchte Kälte he-
rauf, unsere Füße waren wie Eisklumpen. Wir warteten
ungeduldig auf den Sonntag, wo es Fleisch und Bratkar-
toffeln gab. Das heiße Öl kitzelte in der Kehle. Vor dem
Essen mussten wir die Hände zum Gebet falten und den
Blick senken. „Verberge diesen sündigen Ausschnitt", flüsterte eine Schwester. Nach dem Gebet hörte man erleich-
tertes Seufzen und das Rücken von Stühlen. Kurz darauf
begann die Lesung aus dem Evangelium. Anfangs war die
Stimme laut und kräftig, dann wurde sie leiser, als würde
die Vorlesende in den Schlaf sinken. Sie setzte wieder an,
bemüht, eindringlich zu wirken, aber wir hörten sowieso
nicht zu und aßen weiter. Wir hatten immer Hunger und
stahlen Brot aus der Küche. Wir vertrauten es unserem

Beichtvater an, der sich nach vorn beugte und fragte: „Und was hast du noch getan?" „Nichts, wirklich nichts?" „Wo und mit wem?", bohrte er weiter. Er tippte mit dem Finger gegen das Eisengitter. Die Schwester drehte sich um und verfolgte uns mit dem Blick. Es war immer eine da, die zwischen den dunklen Bänken kniete, man sah die genagelten Sohlen der Schuhe und den Rosenkranz, der an ihrem Gewand baumelte. Sie hob neugierig den Kopf und schaute auf den Altar mit der weißen Decke.

Die Kälte war unerbittlich, ich war wie gelähmt. Wieder ging ich zum Kruzifix und kniete mich nieder, um es zu küssen. Das Blut spritzte von seinen Schläfen, es sah aus wie dunkle Rosinen. Zwei Schwestern sahen aus dem Fenster auf den gebeugten Rücken des Gärtners, der als junger Mann in den USA gearbeitet hatte. Sie sagten, dass er etwas in der Hose versteckte. Nie hob er den Kopf, er stützte sich auf die Schaufel und döste, während der Regen seine weißen Haare durchnässte. Die jüngere Schwester öffnete leicht die Lippen und riss die Augen auf. Ich presste den Mund auf den Jesus aus Gips, der von der Feuchtigkeit weich und aufgebläht war, der Lack blätterte ab. Wir sollten nicht hinsehen, nicht daran denken, sondern die Augen schließen und unser Seelenheil dem kleinen eisernen Christus anvertrauen, der über dem Kopfende des Bettes hing. Unter dem Hemd kitzelte das schwere Medaillon mit dem Bild der Madonna zwischen den Brüsten.

14

Armando fuhr nach Rom und kam zwei Tage später als Beifahrer auf dem Motorrad meines Vaters zurück. Militärisch gekleidet, in viel zu weiten Hosen, die Haare raspelkurz geschoren.

„Da haben wir den kleinen Soldaten", rief Mumuri und stieg von der rauchenden schlammbedeckten Maschine mit den abgefahrenen Reifen.

Die Pompeis kamen herunter, um ihren Sohn zu begrüßen.

„In dieser Uniform wirkst du wie ein richtiger Mann, du siehst gut aus", sagte Mumuri und schlug ihm auf die Schulter.

„Zieh nicht so ein Gesicht", brummelte sein Vater, „dieser neue Fez steht dir wirklich gut."

Armando schien erst jetzt zu bemerken, dass er etwas auf dem Kopf trug. Er griff nach der Wollquaste, die ihm auf die Schulter hing, und schien kurz davor, in Tränen auszubrechen. Mumuri schaute ihn wohlwollend an, wie einen Freund. Armando hob den Blick, seine Augen waren gerötet und voller Angst. Er schien ihn gar nicht zu bemerken.

„Ta-rata-ta-ta. Ist das nicht das Wecksignal?", rief Pompei und schlug sich mit der Hand auf den Oberschenkel. „Wach auf, Soldat. Wer stehen bleibt, ist verloren." Er zwang sich zur Heiterkeit. „Verzage nicht, du wirst sehen, wir werden siegen. Wenn du Glück hast, wirst du sogar den Duce treffen. Vielleicht wird er nach deinem Namen fragen und dir auf die Schulter klopfen. Was für eine Freude! Davon haben viele Leute immer geträumt! Ich erinnere mich noch an 1937 auf der Piazza Venezia, die Menschen standen dicht gedrängt, die Frauen schrien um die Wette. Die Leute streckten die Hände nach ihm aus, wollten ihn berühren, packten ihn am Kragen, um auf sich aufmerksam zu machen, damit er sie bemerkte. Was für ein Spektakel. Und er war die Ruhe in Person, erfüllt von Stolz. Er stand im offenen Wagen, grüßte nach allen Seiten, schüttelte Tausende von Händen, nahm Säuglinge auf den Arm, die Brust stolz nach vorn gereckt." Ninas schläfrige Stimme unterbrach ihn. Sie bot Malzkaffee an.

Armando ging ihr gedankenverloren hinterher, den Fez hielt er in den Händen. Dann folgten die Pompeis, aufgeregt und verzagt zugleich.

„Einen Schluck, Papa", rief Giovanni und griff nach seiner Tasse.

Mumuri hob drohend die Hand, riss sich dann aber zusammen, zwang sich zu einem Lächeln und wartete geduldig, bis sein Sohn den Kaffee getrunken hatte. Dann ließ er sich von Nina die Tasse wieder füllen.

„Ich hole eine Flasche Sekt, das ist die richtige Gelegenheit", rief Pompei und eilte die Treppe hoch.

„Er ist im Schrank, Pompeo", rief ihm seine Frau mit rotem Gesicht hinterher, die den Blick nicht von ihrem Sohn lösen konnte. Durch die raspelkurzen Haare kam die Birnenform seines Kopfes stärker zum Ausdruck.

Giovanni war wieder nach draußen geschlüpft, Papa sah ihm nach, bis er von Ninas weichem Körper abgelenkt wurde, die sich über den Tisch beugte, um abzuwischen.

Pompei kam mit der Flasche zurück und Nina entkorkte sie. Gläser wurden ihr entgegengestreckt. Nina goss die perlende Flüssigkeit ein und jedes Mal, wenn das Glas überzulaufen drohte, lachte sie.

Nachdem Armando das Glas zweimal geleert hatte, hob er sein gerötetes Gesicht und sagte, dass er froh sei, in den Krieg zu ziehen. Er sah zu seiner Mutter, die in kleinen Schlucken an ihrem Sekt nippte. Ihre Lippen waren von Schaum benetzt, in ihren Augen standen Tränen. Sein Vater seufzte erleichtert. Bei den Worten seines Sohnes lachte er so sehr, dass sein dicker Bauch bebte.

„Salò ist schön", sagte Armando, „die Grundausbildung dauert zwei Wochen. Es heißt, dort würde es einem an nichts fehlen. Der See ist ganz nah und es wimmelt von willigen deutschen Frauen." Er sah sich zögernd um, doch niemand machte ihm wegen dieser Bemerkung einen Vorwurf, alle sahen ihn nur nachsichtig an und forderten ihn zum Weitersprechen auf. Er setzte sich, schlug die Beine übereinander und streckte sie dann unter dem Tisch aus. Nina verschwand in der Küche und kam mit Zuckerplätzchen zurück. Als hätte er den Geruch gewittert, tauchte plötzlich Giovanni auf, griff sich ein paar Plätzchen und war genauso schnell wieder verschwunden.

„Wohin willst du, mein Junge?", rief ihm Papa hinterher, aber Giovanni hatte die Tür schon hinter sich zugeschlagen. Mumuri steckte sich ein Plätzchen in den Mund und kaute, dabei starrte er einen Punkt an der Wand an.

Armando sprach weiter über Salò, vielmehr über das, was ihm ein Offizier aus Rom erzählt hatte. Fast beiläufig erwähnte er ein Zusammentreffen mit einem beinamputierten Soldaten, der ins Militärkrankenhaus gebracht worden war und erschreckende Dinge über Salò zu berichten gehabt hatte. Aber daran wollte er nicht glauben. „Natürlich sieht einer, der beide Beine verloren hat, alles negativ", sagte er, ballte die Fäuste und presste sie unter dem Tisch in die Oberschenkel. „Was soll einer ohne Beine auch positiv sehen? Er nimmt die Lage natürlich völlig verzerrt wahr. Ich halte es lieber mit dem Offizier, nicht mit ihm. Er hat einfach Pech gehabt", er hielt inne und biss in ein Plätzchen, als ob ihn das alles nichts anginge, „bei ihm ging alles schief." Als er das dumpfe Dröhnen eines Bomberverbands hörte, der hoch über dem Haus in Richtung Rom flog, zuckte er zusammen.

„Wann fährst du?", fragte Nina und goss ihm Kaffee nach.

„Morgen früh um sieben", antwortete Armando mit vollem Mund und führte die Tasse an die Lippen.

„Der letzte Nachmittag in Freiheit", sagte Mumuri, es klang wie eine indirekte Frage nach seinen Plänen für den Abend.

„Den er mit seiner Mama verbringen wird", entgegnete Signora Mary.

„Ich muss noch etwas erledigen", widersprach Armando und erhob sich.

„Lass ihn", kam ihm sein Vater zu Hilfe, „er wird sich von seinen Freunden verabschieden wollen. Alles junge Männer natürlich", bekräftigte er und zwinkerte seinem Sohn zu.

„Dann geh, komm aber bald wieder", sagte seine Mutter und zupfte ihn am Ärmel.

Armando entzog sich dem Griff und sagte: „Ciao, Nina." An der Tür drehte er sich noch mal um. „Zum Abendessen bin ich zurück, bis dann."

Die Mutter lief ihm weinend hinterher, goss den Rest der Flasche Sekt in sein Glas und der Vater hielt die Augen geschlossen.

„Hattest du auch ein Glas, Anna?", fragte er. Ich nickte, ich mochte keinen Sekt. Nina hielt mir noch einmal den Teller mit den Plätzchen hin, dann brachte sie ihn wieder in die Küche.

Signora Mary trommelte verärgert mit den Fingern auf den Tisch, ihr Mann stand hinter ihr und starrte auf Ninas Körper. Er tat so, als sei er zerstreut. Nina wusste nicht, wie sie reagieren sollte, und schlug vor, Karten zu spielen. Die anderen stimmten zu.

„Um uns die Zeit zu vertreiben", entschuldigte sich Signora Mary.

„Irgendetwas muss man ja machen", fügte Pompei hinzu. Nina räumte den Tisch ab und holte die Karten.

„Ich hätte mich gerne einen Moment ausgeruht", protestierte Papa. Sein Gesicht war aufgedunsen, die Lippen vom Fahrtwind aufgesprungen. „Ich gehe mir die Hände waschen", sagte er und stand auf. Wir hörten, wie er sich im Bad einschloss. Die anderen unterbrachen das Spiel und starrten auf die Tür, durch die er zurückkommen musste.

Signora Mary rauchte nervös und tippte mit dem Fuß auf den Boden. „Schon dunkel", murmelte sie und warf dabei einen Blick aus dem Fenster. In der Scheibe spiegelten sich die Mitspieler am Tisch unter der Lampe.

Als Mumuri zurückkam und sie zu spielen begannen, überkam mich eine Welle der Übelkeit. Diese Szene hatte ich schon allzu oft gesehen. Es stank nach Rauch und

Schweiß. Wenn sie verlor, bekam Signora Mary Wutanfälle, wenn sie gewann, lachte sie zufrieden auf.

Ich schlich in die Küche und kletterte aus dem Fenster nach draußen.

Die Luft kam mir warm vor, aber kaum war ich um die Hausecke gebogen, traf mich eine scharfe eiskalte Windbö vom Meer, die Zweige der Bäume wackelten, die Blätter raschelten leise. Ich ging Richtung Meer, das ich in der Dunkelheit zwar nicht sah, aber rauschen hörte.

Die Badekabinen waren abgebaut worden und der Strand wirkte nackt und viel größer als sonst. Ich legte mich auf den Boden und presste meine Wange gegen den noch warmen Sand. Feine Körnchen landeten in meinen Augen, die zu tränen begannen. Die Wellen rollten ans Ufer und liefen auf dem Algenteppich aus. Ich schaute in Richtung Strandbad und hatte das Gefühl, dort einen Schatten zu erkennen. Ich ging darauf zu, die Schuhe in der Hand, der Wind drückte mir den Rock gegen die Beine.

15

Als ich am Strandbad ankam, blieb ich eine Weile stehen, um dem Gluckern des Wassers zwischen den Betonpfeilern zuzuhören. Zwei oder drei Boote, die dort festgemacht waren, wurden von den Wellen angehoben und sanken klatschend aufs Wasser zurück. Aus dem Restaurant waren heitere Musik und Stimmengewirr zu hören. Ich zog mir die Schuhe wieder an und stieg die Treppe hoch. Als ich vor dem Schalter stand, wurde mir klar, dass ich kein Geld dabeihatte. Der Mann, bei dem man die Eintrittskarten löste, hob neugierig den Blick von seiner Zeitung und richtete den Strahl seiner Taschenlampe auf mein Gesicht.

„Wollen Sie rein?"

„Nein, ich habe jemanden gesucht", erwiderte ich und dachte dabei, dass Armando hier sein müsste.

Als ich die Treppe wieder hinuntergehen wollte, hatte ich das Gefühl, dass jemand hinter mir war. Ich drehte mich um und sah eine schemenhafte dunkle Gestalt, die ich zunächst nicht erkannte.

„Ich habe so lange auf dich gewartet", hörte ich eine näher kommende Stimme.

Es war Scanno.

„Ciao", sagte ich.

„Willst du rein?", fragte er und beugte sich über mich, als wolle er an mir riechen.

„Ja."

Er bezahlte den Eintritt und wir betraten das Restaurant.

Das grelle Licht im Saal blendete mich. Wir gingen an den voll besetzten Tischen vorbei durch den Raum mit der hohen Decke und den nackten Wänden. Vor den Fenstern hingen verstaubte schwarze Verdunklungsvorhänge. Einige Köpfe hoben sich und sahen uns nach. Scanno richtete sich die Krawatte und sah sich nervös um. Er gab mir durch Gesten zu verstehen, dass ich Abstand von ihm halten sollte. Ich ging hinter ihm her, den Blick auf sein blaues Jackett und die weißen Hosen gerichtet, die so steif aussahen, als wären sie aus Pappe. Ein rotgesichtiger Kellner mit einem Tablett voller Gläser schob sich an mir vorbei. Ich blickte ihm nach, weil er mich an Armando erinnerte.

„Rom sieht mich erst wieder, wenn dieser schmutzige Krieg zu Ende ist, meine Liebe", hörte ich eine Frau sagen, die die Hände auf die gläserne Tischplatte gestützt hatte. „Die Bomben regnen auf die Stadt", fuhr sie mit lauter Stimme fort. Was danach kam, verstand ich nicht mehr, weil ich die Stufen nach oben stieg. Auf der Hälfte der Treppe waren Scanno und ich allein, er strich mir über die Brüste und murmelte etwas Unverständliches vor sich hin. Danach ging er weiter, er hob vorsichtig die Knie, um seine frisch gebügelten Hosenbeine nicht zu zerknittern.

Auch in diesem Raum war es voll. Die Fenster waren geschlossen, es stank nach Rauch und erhitzten Körpern. Ich erkannte Armando sofort, er tanzte mit einer zierlichen blonden jungen Frau. Den Fez hatte er gefaltet und sich unter die Achsel geklemmt, der frisch rasierte dürre Hals ragte aus dem Kragen seiner Uniformjacke hervor.

Wir setzten uns ans Fenster. Scanno verzog das Gesicht. Ich schob den schweren schwarzen Vorhang aus Wachstuch beiseite und drückte die Nase gegen die Scheibe. Aber in der Dunkelheit konnte ich nichts erkennen und wandte meine Aufmerksamkeit wieder dem Saal zu.

Auffällig viele der jungen Gäste trugen Uniform, herausfordernd blickten sie in die Runde. Die jungen Frauen trugen Sommerkleider und hatten eine Strickjacke um die Schultern gelegt.

„Zieh den Vorhang wieder zu, sonst ist es zu gefährlich", sagte Scanno und drehte sich zu mir um.

„Warum?"

„Sie schießen, wenn sie ein Licht sehen. Oder werfen Bomben ab, was noch schlimmer ist."

„Aber hier sind noch nie Bomben gefallen."

„Das spielt keine Rolle. Im Krieg weiß man nie. Und außerdem ist es ein Befehl."

„Von wem?"

„Vom Duce, denke ich. Notfallmaßnahmen."

„Warum?"

„Hör mit der kindischen Fragerei auf, das geht mir auf die Nerven." Er schwieg und sagte dann: „Warum hast du mich nicht besucht?" Er kam mit seinem Gesicht näher.

Ich zuckte mit den Schultern.

„Ich habe auf dich gewartet. Bist du böse auf mich?"

„Nein."

„Hast du Angst, dass man uns zusammen sieht?"

„Nein", sagte ich und schaute ihm ins Gesicht. Er senkte den Blick.

Armando erkannte mich und blieb verblüfft auf der Tanzfläche stehen. Er löste den Arm von der kleinen Blonden, der Fez fiel zu Boden und er bückte sich, um ihn aufzuheben. Seine Partnerin sagte etwas und er wurde rot. Dann tanzten sie weiter, dabei starrte er mich unverwandt an. Ich winkte ihm zu, aber er reagierte nicht und flüsterte der jungen Frau etwas ins Ohr. Sie lachte. Sie machten eine Drehung und blieben dann stehen, als die Musik aufhörte. Die junge Frau ging auf ihren hohen orthopädischen Schuhen schwankend zum Tisch zurück, während Armando auf uns zukam und mich zum Tanzen aufforderte.

Scanno machte eine abwehrende Geste, dann verzog er unschlüssig das Gesicht und legte die Stirn in Falten.

Schließlich sagte er mit bleichem Gesicht: „Geh nur."

Armando verbeugte sich höflich und führte mich ans andere Ende des Saals, dabei umklammerte er mit seiner warmen Hand mein Handgelenk.

„Er ist ein Schwein", sagte er, sobald die Musik einsetzte, „warum schickst du den nicht zum Teufel?" Er zog mich an sich.

„Du fährst morgen?"

„Ja, das weißt du doch. Sie bringen mich bestimmt um."

„Und warum?"

„Weil ich nicht schießen kann. Ich kann weder mit einem Gewehr noch mit einem Messer umgehen. Ich kann gar nichts." Aus seiner Stimme klang Zorn.

„Meinst du wirklich, dass du sterben wirst?"

„Ich will es nicht wissen. Ich will nicht gehen."

„Dann hau doch ab", sagte ich und blickte über seine in grünen Wollstoff gehüllte Schulter auf Scannos grauhaarigen Kopf.

„Ich will nicht abhauen."

„Was wirst du dann machen?"

„Lass dich nicht mit diesem Schwachkopf ein", sagte er und sein Mund war so nah an meinem Ohr, dass ich seinen Atem an meinem Hals spürte.

171

Wir tanzten schweigend, ohne uns anzusehen. Plötzlich fragte ich: „Wie schläft man eigentlich richtig miteinander?" Er ließ mich los und schaute mich überrascht an.

„Warum fragst du das?", fragte er und ich sah, wie sein Hals und seine Ohren rot anliefen.

„Ich will es wissen."

„Dafür bist du zu klein." Seine Stimme klang verändert.

Scanno saß am Fenster und ließ mich nicht aus den Augen. Hin und wieder lächelte er mir zu, dann starrte er wieder auf seine Hände. Ich sah, wie er dem Kellner winkte und etwas bestellte. Er wirkte gereizt. Unvermittelt stolperte ich über Armandos Füße, er fing mich auf und legte seine Arme fester um meine Taille.

„Träumst du?", fragte er, während der Rhythmus der Musik schneller wurde und wir uns auf die Füße traten.

„Ich habe Durst", antwortete ich ungehalten. Armando tat so, als hätte er nichts gehört. Er drehte sich immer schneller. Ich schaute den anderen Tänzern ins Gesicht, sie wirkten gelangweilt und stumpfsinnig. Alle waren sehr jung. Ich entdeckte Scannos spitzen Kopf, sein Kinn hüpfte auf und ab. Mir wurde schwindlig, ich sah auf Armandos angespannten Hals, seine durchscheinenden Augen.

Das Stück endete abrupt und fast wären wir auf einen Tisch voller Gläser gefallen. Armando ließ mich los und ging zu seinen Freunden zurück, dabei wischte er sich mit dem Handrücken über den schwitzigen Hals.

„War es schön?", fragte Scanno, als ich wieder neben ihm Platz genommen hatte.

„Ja."

„Immer sagst du Ja. Du bist so eine dumme Gans", sagte er wütend. Dann tat es ihm leid und er griff nach meiner Hand. „Bist du mir böse?"

„Nein."

„Ich verstehe dich nicht. Was denkst du? Was fühlst du? Hast du mich gern?"

„Nein", antwortete ich.

Enttäuscht ließ er meine Hand los. Der Kellner kam, er balancierte ein Tablett auf dem ausgestreckten Arm. Er atmete schwer und schaute uns übellaunig an.

„Ich habe Sekt bestellt, ist das in Ordnung?", fragte Scanno.

Ich nickte. Der Kellner setzte die Gläser auf dem Tisch ab und stellte die Flasche in den Eiskübel.

Scanno goss das perlende Getränk in die Sektschale. Er kratzte sich im Nacken und starrte auf eine junge Frau am Tisch gegenüber, die lauthals lachte.

„Hast du Durst?", fragte er und beugte sich zu mir herüber.

Die junge Frau fühlte sich beobachtet und schaute sich suchend um. Scanno nahm einen Schluck und fixierte dann wieder ihre vor Lachen bebenden Brüste. Ihre blonden Haare fielen ihr über die Ohren.

Armando tanzte wieder mit der zierlichen Blondine, die sich mit ihren kleinen dicklichen Händen an seine Schultern klammerte. Er schwitzte, hin und wieder warf er mir einen Seitenblick zu.

Ich spürte, dass Scanno sich unbehaglich fühlte. Er zog die Nase kraus, als ob ihm eine Fliege ins Nasenloch geflogen wäre. Hin und wieder fuhr er herum, als hätte er Angst, verfolgt zu werden. Ich lachte leise vor mich hin.

„Warum lachst du?", fragte er stirnrunzelnd.

„Einfach so."

„Lachst du über mich?"

„Du bist komisch", sagte ich und er lächelte gequält, dabei versuchte er seine größer werdende schlechte Laune zu unterdrücken.

„Was wollte dein Cousin?", fragte er und goss mir Sekt nach.

„Nichts. Er wollte tanzen."

„Ich wette, er hat schlecht über mich gesprochen."

„Er hat gesagt, du seist ein Schwein."

„Dieser Trottel", brach es aus ihm heraus. Er sprang auf, stieß mit dem Ellbogen gegen sein Glas, das klirrend zu Boden fiel, dabei spritzte der Sekt auf seine Hose. Seine Hände zitterten. „Wir gehen", rief er schrill und versuchte die Scherben vom Boden zu lesen. Er kniete sich hin, stand aber sofort wieder auf, aus Angst, sich die weißen Hosen schmutzig zu machen. Er hatte sich geschnitten und saugte an einem Finger. Er sah mich lachen, seine Augen hatten sich vor Wut zu schmalen Schlitzen verengt, seine faltigen Wangen waren bleich und hingen schlaff herunter, den Mund hatte er zu einer kindlichen Grimasse verzogen und er wirkte, als würde er gleich in Tränen ausbrechen.

16

Draußen wehte ein schwacher Wind, es stank nach fauligen Algen. Wir stiegen die Betontreppe hinunter und hielten uns am Eisengeländer fest. Die Meeresbrise blies mir den Kopf von der rauchgeschwängerten Luft des Tanzsaals frei. Das Rauschen der Wellen beruhigte mich.

„Ist dir kalt?", fragte Scanno, der jetzt neben mir stand. In der Dunkelheit konnte ich nur seinen weißen Kragen und das rot glühende Ende seiner Zigarette erkennen.

„Nein. Da drinnen bekommt man keine Luft."

„Die Luft ist mild, wir haben Scirocco", sagte er und führte den roten Punkt zu seinen unsichtbaren Lippen.

„Ich möchte schwimmen gehen", sagte ich und ging zum Wasser.

Die Dunkelheit hüllte uns mehr und mehr ein. Ich vergaß meinen Begleiter und dachte daran, dass das die Freiheit war, die ich jenseits der Internatsmauern hatte finden wollen. Noch immer hatte ich den Geruch nach Mehl und Knoblauchzöpfen aus der Vorratskammer in der Nase, wo wir uns versteckt und davon geträumt hatten, aus dem

Internat abzuhauen. Dort war es so kalt, dass wir mit den Zähnen geklappert hatten. Sobald es Zeit für die Messe war, hatten uns die Schwestern aufgespürt, mit den langen steifen Fingern im Nacken gepackt und uns nach unten auf die Knie gedrückt. Dabei hätten wir das Internat sogar verlassen dürfen, aber immer nur zu zweit, in Reih und Glied, mit dem grauen Hut auf dem Kopf und im blauen Mantel, der bis weit über die Knie reichte. Die Hände in den Taschen, die Ohren gespitzt, die Kehle ausgetrocknet. Wenn wir traurig waren, trösteten uns die Schwestern mit einer Tasse heißer Milch. „Das ist nur eine kleine Erkältung", sagten sie, und wenn eine von uns weinte, bekam sie eine Scheibe Brot mit Feigenmarmelade. Der Tisch war lang und schmal. Die Schwestern sagten immer, wir sollten gut kauen. Wenn wir lästige Fragen stellten, antworteten sie, wir sollten nicht weiter darüber nachdenken. „Über bestimmte Dinge spricht man nicht. Bete, mein Kind."

Nahezu alle Themen waren verboten, besonders der Krieg war tabu, man tat so, als gäbe es ihn gar nicht. „Denke an dich. Bete!", war ihre Antwort, dann bekreuzigten sie sich hastig.

Manchmal war das Pfeifen der Bomben zu hören, die Einschläge in der Ferne, und wir hielten uns ängstlich die Ohren zu. „Gott sieht alles", sagten sie voller Vertrauen, „Gott beschützt uns." Das war alles. Das Wichtigste war, dass mein Vater einmal im Monat die Gebühren zahlte.

Und darüber hinaus noch etwas spendete. In der Zwischenzeit füllten sie unsere Gläser mit Kirschsaft. Als Ablenkung, damit wir nicht an das dachten, was jenseits des Tores geschah. „Die Welt ist die Hölle", flüsterten sie mit drohender Stimme. Doch jetzt war ich draußen und wollte diese Welt kennenlernen, und zwar alles. Ganz eintauchen. Aber bis jetzt schmeckte sie bitter.

Als Scanno meine Hand berührte, zuckte ich zusammen. Ich drehte mich um, um mich zu vergewissern, wer er war.

„Ich dachte, du schläfst", sagte er, warf seine Zigarette weg und nahm mein Gesicht zwischen die Hände.

Wir waren schon einige Zeit unterwegs, das Strandbad lag ein gutes Stück hinter uns.

„Bist du müde?"

Er saugte mit seinen warmen und feuchten Lippen an meinen. Ich wischte mir mit dem Handrücken über den Mund.

„Ich will dich", sabberte er mir ins Ohr. Ein kalter Schauer lief mir über den Rücken. Er küsste mich erneut und versuchte mit zitternden Fingern meine Bluse aufzuknöpfen.

„Du kannst das nicht", sagte ich.

Mit seinen fahrigen Bewegungen zerriss er den Stoff. Ich riss mich los und öffnete die Knöpfe selbst. Scanno hielt den Atem an. Als ich nackt war, spürte ich den warmen Wind auf meiner Haut und den Drang, ins Wasser zu gehen. Scanno streichelte mich und atmete schwer. Er zog mich an sich.

„Deine Schultern. Es ist so dunkel", sagte er.

Ich entwischte ihm und rannte ins Wasser.

„Anna", schrie er mir angstvoll hinterher, aber ich war schon im Wasser verschwunden und er konnte mich nicht mehr sehen.

Ich tauchte unter, mein Körper schmerzte wie von Tausenden von Nadeln gestochen, ich schnappte nach Luft. Einen Moment später schwamm ich im ruhigen Meer nach draußen und fühlte mich wie befreit. Kleine Wellen umspülten meine Ohren und meinen Mund, ich schmeckte das Salzwasser. Die Wellen um mich herum waren schwarz und fühlten sich weich an, als würden sie mich kaum berühren. Ich bewegte meine Beine und Arme mit einer Leichtigkeit, als ob ich flöge.

Erst als ich Scannos Stimme nicht mehr hörte, wurde mir die Gefahr bewusst und ich schwamm mit kräftigen Beinschlägen zurück, auf den diffusen weißen Schimmer des Strands zu.

Als ich aus dem Wasser stieg, klapperten meine Zähne vor Kälte. Ohne es zu merken, war ich mit der Strömung abgetrieben, Scannos schwache ängstliche Stimme kam von der rechten Seite. Zitternd lief ich auf ihn zu.

„Du bist ja verrückt! Bist du wahnsinnig?", rief er mir entgegen, als er mich endlich sah. „Du lieber Himmel, was hatte ich für eine Angst. Ich dachte, du seist ertrunken. Ich hatte solche Angst. Fühl mal, mein Herz rast."

„Warum hast du mich nicht geholt?", fragte ich und er schwieg verlegen.

Seine weißen, gestärkten Hosenbeine hoben sich von der Schwärze des Meeres ab.

„Schnell, trockne dich ab, sonst bekommst du eine Lungenentzündung. Aber ich kann nichts dafür, das Ganze ist nicht meine Schuld, du bist einfach fortgelaufen, wie eine Katze. Ich konnte dich nicht mehr festhalten. Du hast mir vielleicht einen Schrecken eingejagt, ich hatte schreckliche Angst." Er wischte sich mit dem Taschentuch den Schweiß von der Stirn und rieb dann meinen Körper ab.

„Und jetzt zieh dich bitte wieder an", sagte er und rieb mir mit dem nassen Taschentuch über den Rücken.

„Mir ist nicht mehr kalt."

Er seufzte und hielt mir die Wollbluse und den gelben Rock hin, den Nina mir geschenkt hatte.

„Ist dir kalt?", fragte er noch einmal und trommelte mit den Fäusten auf meinem Rücken herum.

„Wenn du das machst, muss ich husten."

„Du bist wirklich verrückt! Was ist nur in dich gefahren? Du hättest mir nur zu sagen brauchen, dass ich dich nicht anfassen soll."

„Gehen wir."

„Wohin?", fragte er erschrocken.

„Nach Hause."

„Einverstanden. Nur noch einen Kuss, lauf nicht weg."

Ich roch seine welke teigige Haut, der Wind hatte den Duft des Talkumpuders und des Kölnisch Wassers weggeweht. Er drängte sich an mich.

„Lass uns gehen", wiederholte ich.

„Ist dir kalt?"

„Nein."

„Wo wohnst du?"

„Dort", sagte ich und deutete in die Richtung.

Wir machten uns auf den Weg. Ich hielt meine Schuhe in der Hand, er umklammerte eine brennende Zigarette.

„Hier lang", sagte ich und blieb vor dem schmalen Pfad stehen, der vom Strand zum Haus der Pompeis führte. Ob sie wohl noch Karten spielen?, fragte ich mich.

„Soll ich dich begleiten?"

„Nein."

„Hast du keine Angst vor der Dunkelheit?"

„Den Weg kenn ich im Schlaf."

„Dann gehe ich jetzt. Komm mich doch besuchen, wenn du magst. Dort wartet ein Geschenk auf dich. Die Adresse kennst du ja."

„Ciao."

Ich machte mich auf den Weg und achtete darauf, nicht in irgendwelche Glasscherben zu treten.

„Und wenn du Geld brauchst, dann weißt du ja Bescheid!", rief mir Scanno hinterher. Ich drehte mich um, um ihm zuzuwinken, aber er war schon verschwunden.

Ich ging weiter. Vor mir tauchten nach und nach die Umrisse des Hauses auf, ein fahles Weiß vor dem wolkenverhangenen Himmel. Der Wind hatte sich gelegt. Die tiefe Stille wurde ab und zu vom Gesang der Grillen und dem Rauschen der Wellen unterbrochen.

Zu Hause angekommen, fiel mir der Spalt zwischen den Vorhängen des Esszimmers auf, durch den ein Streifen Licht fiel. Ich drückte mich eng an die Wand und spähte hindurch. Unter der Lampe aus blauem Glas saßen die Pompeis, mein Vater und Nina und spielten Karten, die Gesichter hochkonzentriert, von bläulichen Rauchwolken umhüllt. Auf dem Tisch stand eine Weinflasche. In einer Ecke saß Armando, den Fez zwischen die Knie geklemmt, den Kopf an die Wand gelehnt. Er schlief mit offenem Mund.

Ich schlüpfte durchs Küchenfenster und tastete mich lautlos in mein Zimmer. Giovanni schlief, er hatte das Laken über den Kopf gezogen, unten schauten seine Füße heraus. Ich machte kein Licht und zog mich langsam aus. Giovanni lachte im Schlaf und ich zuckte zusammen. Als ich unter das Laken glitt, zitterte ich beim Kontakt mit dem kühlen Stoff. Ich fühlte das Salz auf meiner Haut, leckte mir über den Arm und dachte an das Bad im Meer. Im Nacken spürte ich die noch feuchten Locken, die mich kitzelten.

17

Um sechs Uhr morgens waren wir alle wach, um Armando zu verabschieden, der nach Salò aufbrach. Signora Pompei folgte ihm auf Schritt und Tritt, eingehüllt in ihren orangefarbenen Morgenmantel, die Haare klebten an der Schläfe, ihre Augen waren geschwollen, zwischen den Fingern hielt sie eine Zigarette.

Nina kochte uns und ihnen einen Mischkaffee und hob hin und wieder den Blick, um Armando zu beobachten, der durch die Zimmer tigerte, als würde er etwas suchen.

„Was suchst du?", fragte sie und unterdrückte ein Gähnen. Sie fasste sich an den Hals, als müsse sie etwas hinunterschlucken.

Papa war im Bad und rasierte sich bei offener Tür, immer wieder hielt er inne und sah zu uns herüber. Giovanni wollte nicht aufstehen, obwohl ihn Nina bereits mehrmals gerufen hatte. Signor Pompeo saß auf der Stuhlkante und kämpfte gegen den Schlaf. Er zog eine Packung Zigaretten aus der Tasche seines Morgenmantels und suchte nach Streichhölzern.

„Gib mir Feuer", sagte er zu seiner Frau, die ihm den Rücken zudrehte, als habe sie ihn nicht gehört. „So was Kindisches", murmelte er und ging in die Küche, um sich Streichhölzer zu holen.

Signora Mary sah ihm gleichgültig nach, schob eine Hand unter den Morgenmantel und begann sich an der Brust zu kratzen. Nina reichte ihr eine Tasse dampfenden Kaffee, die sie in einem Schluck hinunterkippte. Mumuri streckte das halb rasierte, halb eingeseifte Gesicht aus dem Bad.

„Wie spät ist es?", fragte er und riss die verquollenen Augen auf.

Niemand antwortete.

„Dein Kaffee", säuselte Nina und fuhr sich über die Hüften.

Signora Pompei machte sich auf die Suche nach ihrem Sohn, dabei stieß sie den Rauch durch die breiten Nasenlöcher aus. Der Tabakgeruch mischte sich mit dem Aroma des Ersatzkaffees.

Nina bohrte das Messer in die Brotkruste. „Das Brot ist von gestern", sagte sie und bemühte sich, den trockenen Laib aufzuschneiden.

Mumuri kam frisch rasiert aus dem Bad, seine Wangen glänzten und er hatte noch etwas Talkumpuder am Hals. Schweigend trank er seinen Ersatzkaffee. Nina reichte ihm ein Stück Brot, aber er verzog das Gesicht.

„Und das frische Brot?", fragte er und leckte den Zuckerrest aus der Tasse.

„Wir haben keins."

„Wie dumm", sagte Signor Pompeo wie zu sich selbst, wahrscheinlich dachte er an seine Frau.

Armando kam herein, im Arm hatte er einen Stapel alter Zeitungen. Bei seinem Anblick lächelte sein Vater und fuhr sich mit der Zunge über die Lippen.

„Bist du zufrieden?", fragte er und beugte sich zu ihm.

Armando zuckte mit den Schultern. Er legte die Zeitungen auf den Tisch und trank seinen Kaffee mit großen Schlucken. Seine Mutter schlurfte auf ihn zu.

„Bei den Deutschen gibt es genug zu essen", sagte Pompei.

„Es ist spät. Wollen wir?" Mumuri streifte ungeduldig die Motorradhandschuhe über.

„Er kommt schon." Pompei griff nach Armandos Handgelenk. „Soldaten werden dort gut behandelt, vergiss das nicht. Das ist eine starke Rasse. Das sind Krieger. Die behandeln ihre Soldaten gut." Dann ließ er ihn los.

Signora Mary zog ihren Sohn mit einer besitzergreifenden Geste an die Brust. Zwei oder drei Mal küsste sie ihn auf den Kopf, dann legte sie ihre Hand prüfend auf seine Gesäßtasche, ob der Geldbeutel richtig steckte.

„Ich gehe jetzt", sagte Armando.

„Halt dich gut fest auf dem Motorrad. Pass auf dich auf."

„Schreib bitte, sobald du kannst."

„Vergiss nicht, dass die Deutschen großen Respekt vor den Soldaten haben. Nur Mut."

Armando verließ das Haus. Er drehte sich noch mal um, dabei drückte er den Fez auf dem Kopf fest. Dann stieg er auf den Sozius des Motorrads, umklammerte Mumuris Rücken, beugte sich nach vorn und presste die Knie zusammen.

Seine Mutter rief ihm etwas nach. Mit gequältem Lächeln drehte er sich um und winkte. Mumuri hupte zwei Mal und verschwand dann in einer Staubwolke hinter der Ecke.

„Jetzt ist er weg", sagte Signora Mary und rauchte ihre Zigarette zu Ende.

„Disziplin. Bei Kälte und Hitze raus. Das wird ihm nicht schaden. Er ist ein Einzelkind und verwöhnt. Du behandelst ihn immer noch wie einen kleinen Jungen, der an deinen Rockschößen hängt."

„Das stimmt nicht", sagte seine Frau und wandte sich ärgerlich ab. „Das ist deine Schuld, du hast ihm immer zu viel Geld gegeben."

Nina und ich zogen uns zurück, um die beiden allein weiterstreiten zu lassen. Signora Mary hob das wütende Gesicht und fuhr sich hin und wieder mit den Fingern durch das ungekämmte Haar. Ihr Mann war etwas größer als sie. Er schaute auf die Straße, auf der ihr Sohn gerade verschwunden war, seine Stimme war jetzt sehr laut.

„Sie werden sich noch schlagen", sagte Nina, „was für eine Kälte! Wann reist ihr eigentlich ab?"

„Ich weiß nicht."

„Das ist die Wut, wenn das einzige Kind von zu Hause fortgehen muss. Sie haben Angst, ihn zu verlieren", sagte sie.

„Muss man im Krieg immer sterben?"

„Nein, aber es kann passieren. Am besten wäre jetzt eine Partie Karten, dann vergessen sie Armando, wenigstens für kurze Zeit."

„Ihr spielt doch sowieso die ganze Zeit."

„Spielen ist wie schlafen", antwortete sie und streckte sich. Dann lächelte sie still vor sich hin, als würde sie an etwas Schönes denken.

„Spielt Signora Mary gerne?", fragte ich.

„Mary ist eine leidenschaftliche Spielerin, als ob sie die Karten in sich aufsaugte. Erst nach vier, fünf Stunden hat sie genug. Wenn man spielt, ist man abgelenkt und denkt nicht nach."

„Und Signor Pompeo?"

„Er muss sich erst überwinden, aber dann ist er mit Begeisterung dabei. Er mag das Glücksspiel, das Geld, das man gewinnt, auch wenn es nicht um viel geht."

„Und du?"

„Manchmal langweilt es mich und macht mich müde. Manchmal packt es mich aber auch, dann hat es etwas von

Sex." Sie lachte und beugte sich vor. Dann fiel ihr auf, dass sie mit einem Mädchen sprach, biss sich auf die Lippen und verstummte.

„Ich gehe raus", sagte ich.

„Wenn du Giovanni siehst, sag ihm, er soll sich Schuhe anziehen, barfuß ist es zu kalt. Und kommt rechtzeitig zurück, ich will nicht auf euch warten, wenn die Pasta fertig ist."

18

Ich ging zwischen den regenfeuchten Bäumen hindurch zum Meer. Die Erde unter meinen Füßen war weich vom Regen und faulenden Blättern. Die hellen Pinienstämme hatten schwarze Streifen. Der Schlamm drang mir in die Schuhe und floss wieder hinaus. Ich sah das Meer in der Ferne, grüngelb und aufgewühlt. Der Horizont war nur eine verschwommene Linie. Entlang der Straße standen weiße Häuser, sie wirkten mit ihren architektonischen Details, den Zinnen und Türmchen, etwas lächerlich. Die Läden vor den Fenstern waren fest geschlossen, Feuchtigkeit kroch die Außenmauern hoch, von den eisernen Balkonen tropfte schwarzes Wasser.

Mein Ziel waren die Klippen am Ende des Strandes. Die Gischt der Wellen spritzte in Richtung des hellen Himmels. Vielleicht regnet es noch mal, dachte ich. Der ganze Himmel bestand aus einer gelblichen, immer weiter anschwellenden Wolke. Ich zog die Schuhe aus und lief über den Sand am Meeressaum entlang. Bei jeder langsam anrollenden gischtbekränzten Welle ging ich einen Schritt zurück. Ich kam an der Stelle mit den fauligen Algen vorbei und kickte kleine Teerklumpen beiseite.

Etwa zwanzig Meter von den Klippen entfernt erkannte ich zwischen den Felsen schemenhafte Gestalten. Sie waren da. Ich erkannte Carlos roten Pullover und setzte mich auf den feuchten Sand. Der Wind blies mir unter die Kleider und ich zitterte. Ich betrachtete, wie die Wellen tosend gegen die schwarzen Felsen rollten. Ich dachte an Carlos ängstlichen Gesichtsausdruck, bevor sie ihn mitsamt den Kleidern ins Wasser geworfen hatten, an Picas behaarte Hände und Eros' angespannten Nacken. Ob Giovanni bei ihnen ist?, fragte ich mich und sah mich suchend um.

Dann stand ich auf und schlich mich näher heran, ohne dass sie mich bemerkten. Auf einem Felsvorsprung einige Meter über ihnen blieb ich stehen. Carlo, in Pulli und langen Hosen, hüpfte von einem zum anderen und zeigte ihnen etwas. Giovanni kauerte hinter einem Felsen und rauchte, die Knie an die Brust gezogen und die Arme darumgelegt. Ihm ist kalt, dachte ich.

Als ob er mich gehört hätte, blickte er auf. Als er mich erkannte, zuckte er zusammen und sagte etwas zu Pica, der ebenfalls zu mir heraufsah.

„Komm runter!", rief Pica heiter.

„Geh heim", zischte Giovanni wütend und schlug sich mit den Fäusten gegen die Knie.

„Komm runter, habe ich gesagt", wiederholte Pica und zeigte mir den einfachsten Weg.

Eros hob den Blick, Carlo machte eine abwehrende Geste und steckte das, was er gerade seinen Freunden gezeigt hatte, in die Hosentasche. Ich ließ mich von einem Felsblock zum nächsten nach unten gleiten, der Wind wehte mir Wasserspritzer ins Gesicht. Pica deutete auf den Platz neben sich.

„Was willst du?", fragte Giovanni.

„Morgen reisen wir ab, das wollte ich dir nur sagen", behauptete ich.

„Wer hat das gesagt?"

„Wir müssen nach Rom zurück", schob ich nach und hielt seinem ungläubigen Blick stand.

„Nina ist eine dumme Gans."

„Das hat Mumuri gesagt."

„Was hat er gesagt?"

„Dass die Schule wieder anfängt, hat er gesagt. Und dass die Schwestern auf uns warten."

„Ich gehe nicht weg", antwortete er und versuchte die Tränen zu unterdrücken.

„Hör auf zu heulen, du Baby", spottete Pica. Giovanni fuhr wütend herum, aber er schwieg, sonst wäre er sicher in Tränen ausgebrochen.

„Mit Gigio läuft es, was?", fragte Pica und grinste mich an.

„Wie viel hat er dir gezahlt?", fragte Carlo. Seine Augen glänzten und sein Lächeln war so breit, dass man seine schlechten Zähne sehen konnte.

„Lass sie in Ruhe", sagte Pica.

„Ich will wissen, wie viel er ihr gegeben hat. Ich will es wissen."

„Halt den Mund, du Idiot", unterbrach ihn Pica. Er sah mich aus seinen schwarzen Augen über der stumpfen Nase neugierig an. Er hatte eine Narbe auf dem Hals, die ihre Form veränderte und die Farbe wechselte, wenn er lachte. Carlo schwieg, ließ mich aber nicht aus den Augen. Giovanni hatte sich wieder hinter den Felsen gesetzt. Er hatte die Augen zusammengekniffen, presste die Lippen aufeinander und gab sich unbeteiligt.

„Hat dir Gigio gefallen?", fragte Pica und knabberte die Haut an den Fingern ab.

„Er hat sie flachgelegt, geschieht ihr ganz recht", zeterte Carlo mit hochrotem Gesicht, er schäumte vor Wut.

„Ich polier dir die Fresse, du Depp", schrie Pica und sprang auf.

„Du hast doch angefangen", verteidigte sich Carlo und trat einen Schritt zurück.

„Ich darf das. Du nicht." Carlo spuckte auf den Boden. Er zog das Taschenmesser mit Schildpattgriff aus der Hosentasche und ließ die Klinge aufspringen. Dann begann er sich die Fingernägel zu reinigen. Pica behielt ihn im Auge.

„Steck das weg."

„Warum? Ich mach mir die Fingernägel sauber. Ist das etwa nicht erlaubt?"

„Es ist nicht erlaubt. Ich entscheide hier. Steck es weg."

„Hast du vielleicht Angst?" Carlo grinste zufrieden. Seine Lippen waren aufgesprungen und mit schwarzem Grind bedeckt.

„Sag das noch einmal, dann landest du im Wasser." Pica ballte die Fäuste, die Adern an seinem Hals schwollen an. Carlo wusste, dass er es ernst meinte, und sagte lieber nichts mehr.

„So ein Scheiß", fluchte Eros.

„Was meinst du?", fragte Pica, ohne ihn anzusehen.

„Alles."

Dann war es eine lange Weile still. Das Meer sah aus, als würde es kochen und durch große Stahlröhren gepresst. Der Lärm war ohrenbetäubend. Ein Schwarm Vögel flog nah an den Felsen vorbei. Irgendwo unter uns musste eine Höhle liegen. Das Wasser schwappte bei jeder Welle in die Öffnung und verdrängte die Luft, die glucksend und zischend entwich. Ich saß zwischen Giovanni und Pica. Es fühlte sich an, als ob die Felsen uns einhüllten und die Zeit ohne uns verging.

Pica legte einen Arm um meine Schultern und lächelte versöhnlich. Er bot mir eine Zigarette an. Beim Rauchen stellte ich mit Erstaunen fest, dass ich den Eindruck hatte, als sei es gar nicht ich, die dieses zusammengeklebte Papier zwischen die Lippen steckte, sondern jemand anderes und ich würde nur zusehen. Ich war erstaunt, dass ich erstaunt war. Mein anderes Ich verschwand wieder. War das wirklich ich gewesen?

Carlo zog einen Packen Postkarten mit erotischen Fotografien aus der Tasche. Sie waren zerknittert und handkoloriert. „Schau mal, der Hammer, was?", sagte er und hielt Eros ein Exemplar hin, der nach kurzem Zögern danach griff.

„Was machen die da?"

„Na, was wohl?"

„Zeig mal", sagte Pica.

Eros gab ihm die Karte.

„Ich kapiere nicht, warum ihr mit diesem Kinderkram immer noch Spaß haben könnt", sagte Pica und ließ die Karte fallen.

„Vorsicht, die sind teuer", sagte Carlo und hob sie eilig auf.

„Das ist mir scheißegal."

„Und wer gibt mir das Geld dafür?"

„Eros. Er sabbert allein bei ihrem Anblick."

„Ich habe kein Geld", sagte Eros spontan und richtete sich auf. Man konnte das Zucken seiner Nackenmuskeln sehen. Pica lachte und Carlo steckte die Karten enttäuscht in die Tasche zurück.

„Wollt ihr wirklich keine?", fragte er in einem letzten schüchternen Versuch. Er sah mit gierigen Augen in die Runde.

„Nein", sagte Pica entschieden, „ich will eine echte Frau, kein Foto. Die sind mir egal."

„Nur zwanzig Lire", versuchte Carlo es noch einmal.

Pica antwortete nicht. Er machte sich die Zähne mit den Fingernägeln sauber.

„Vielleicht fünfzehn?"

„Zehn für alle. Und keine Lira mehr", antwortete Pica entschieden. Eros drehte sich um und sah ihn bewundernd an.

„Unmöglich, da zahle ich drauf. Außerdem riskiere ich einiges, wenn ich mit dem Zeug unterwegs bin. Das ist zu wenig. Das geht nicht", flehte er. Aber es war klar, dass er schon aufgegeben hatte.

Pica kaute weiter an seinen Fingernägeln. Er schien das Interesse an der Sache verloren zu haben.

„Na gut, zehn Lire", sagte Carlo schließlich mit weinerlicher Stimme.

„Ich geb sie dir morgen", sagte Pica und nahm ihm die Fotografien aus der Hand.

„Wann morgen?"

„Wenn ich sage morgen, meine ich morgen. Vertraust du mir nicht?"

„Schon, aber …"

„Komm morgen bei mir vorbei und bring mir auch ein Päckchen Zigaretten mit."

Carlo senkte missmutig den Kopf, Eros lachte. Pica blätterte die Fotografien durch und steckte sie dann zufrieden in die Tasche. In Carlos Augen standen Tränen. Eros lachte lauter. Giovanni zuckte zusammen, als ob er aus einem tiefen Schlaf erwacht wäre. Er musterte erst den laut lachenden Eros, dann Pica, der sich mit den Fingern durchs Haar fuhr, dann Carlo und schließlich mich.

„So ein Trottel." Eros konnte vor Lachen kaum einen geraden Satz sagen.

„Hör auf", herrschte Pica ihn an, aber Eros lachte weiter. Wütend starrte Carlo ihn an. Giovanni stand auf.

„Wohin willst du?"

„Mir ist kalt", antwortete er und streckte sich. „Ich fahre morgen nicht", fügte er entschlossen hinzu.

„Du fährst", entgegnete Pica, „der Stärkste gibt die Befehle. Hier befehle ich, zu Hause befiehlt dein Vater. Hier machst du, was ich sage, zu Hause, was dein Vater sagt. Dagegen kannst du nichts machen."

Giovanni antwortete nicht, er sah traurig aus und streckte die Hand nach mir aus.

„Wir gehen", sagte er.

„Geh nur, sie warten schon auf den jungen Herrn."

„Und nimm die Kleine gleich mit, du Blödmann."

„Grüße an Gigio."

„Und an Nina mit den großen Möpsen."

„Und an Rom. Hoch lebe der Duce."

Alle reckten den Arm. Aus der Grotte kam ein scharfes Zischen. Eros lachte. Carlo zog das Taschenmesser wieder heraus. Pica verzog den Mund.

Wir machten uns auf den Weg und sprangen von einem Stein zum nächsten. Giovanni ging barfuß voran und hielt Ausschau nach den Felsen, die guten Halt boten. Seine Füße schmerzten und er verzog das Gesicht. Die Beine ragten aus den kurzen braunen Hosen hervor. Zum ersten Mal fiel mir auf, dass er zu lange Arme hatte, die nicht zum Rest des Körpers passten. Wenn er stehen blieb, hingen sie tief herab, dürr und knochig, wenn er sprang, streckte er sie zur Seite wie ein Seiltänzer. Er sah aus wie ein Vogel, der nicht fliegen konnte.

„Wie spät ist es?"

„Die Glocken haben noch nicht zu Mittag geläutet."

„Ich habe Hunger."

Wir trafen zwei Fischer in Gummistiefeln, das Netz über den Schultern. Als sie uns sahen, lachten sie und verstummten. Der eine schaute zu Boden, als wir vorbeigingen, der andere schaute uns aus zwei trüben Augen an, auf denen ein weißlicher Schleier lag.

„Der war blind", sagte Giovanni, sobald sie vorübergegangen waren.

„Der konnte sehen", widersprach ich.

„Woher weißt du das?"

„Er hat mich angeschaut."

„Er hat nur so getan", widersprach er und drehte sich nach den beiden um, aber sie waren schon zu weit entfernt.

Der Wind hatte sich gelegt und zwischen Wolkentürmen war die Sonne aufgetaucht. Ihre wärmenden Strahlen fühlten sich angenehm an. Ich blickte zum Himmel, die Sonne blendete.

„Die Sonne scheint, hast du gesehen?"

„Carlo ist clever."

„Pica ist cleverer und ein Angeber", sagte ich und versuchte mir seine schmalen Augen und den spöttischen Zug um seinen Mund in Erinnerung zu rufen.

„Ich will nicht weg", sagte Giovanni.

„Es stimmt auch gar nicht, dass wir morgen fahren", erwiderte ich und wartete darauf, dass er sich wütend umdrehte.

Stattdessen ging er schweigend mit großen, geraden Schritten weiter. Seine langen Arme baumelten am Körper hin und her.

„Wann ist der Krieg zu Ende?"

„Mumuri sagt, es dauert noch. Signor Pompeo sagt, er ist bald vorbei."

„Das sagt er immer."

„Armando ist abgereist. Nina sagt, er wird sterben."

„Ich will auch in den Krieg. Wann reisen wir denn wirklich ab?"

„Ende der Woche."

„Gigio sagt, die Schulen werden wegen des Krieges geschlossen."

„Das Internat bestimmt nicht."

„Ich will nicht ins Internat zurück", sagte Giovanni traurig.

19

Wir setzten uns auf die Treppenstufen vor unserem Haus in die Sonne. Nina sang mit ihrer monotonen und plumpen Stimme vor sich hin. Manchmal hörte sie plötzlich auf und begann wieder von Neuem, im selben Tonfall, das gleiche Lied. Die Katze schlüpfte aus der Haustür und versteckte sich hinter einem Dornbusch. Nina hörte auf zu singen und machte das Radio an. Eine schrille Stimme war zu hören, über die sich immer wieder die Musik des Orchesters legte, wie eine große Hand. Giovanni stampfte im Rhythmus auf den Boden. Signora Mary öffnete das Fenster und fragte uns, was wir da machten. Wir taten, als hätten wir sie nicht gehört. Die Musik flutete durch das Haus, drang in den Garten und der Wind nahm sie mit die Straße hinunter.

Signor Pompeo kam zurück, Arm in Arm mit dem Bürgermeister, der noch blasser aussah als sonst. Einige Meter vor dem Haus blieben sie stehen und unterhielten sich. Pompei unterstrich seine Worte mit Gesten und drückte immer wieder den Arm des Freundes. Der Bürgermeister hörte zu, nickte, biss sich unschlüssig auf die Unterlippe. Die runden Brillengläser über seiner langen Nase glänzten in der Sonne, die zu weiten schwarzen Hosenbeine schlotterten ihm um die Knöchel. Die wenigen verbliebenen Haare auf dem blanken Schädel waren sorgfältig gekämmt. Er war so dürr, dass man befürchten musste, der Wind könnte ihn wie eine Tannennadel forttragen.

„Ich kümmere mich darum, da können Sie ganz beruhigt sein", sagte er und schlug sich auf die Brust.

„Ich weiß, welchen Einfluss Sie beim zuständigen Ministerium haben, das weiß ich", sagte Signor Pompeo mit einer respektvollen Verbeugung.

„Von meinem Freund Pavolini habe ich gelernt, wie wichtig Entschlossenheit und Vorsicht sind", erwiderte der Bürgermeister und schaute zu uns.

„Sie kennen Pavolini?", unterbrach Pompei begeistert.

„Man kann durchaus sagen, dass ich ihn zu dem gemacht habe, was er heute ist. Wir waren zusammen in der Schule. Bei jeder Kleinigkeit hat er sich an mich gewandt. Er vertraute mir von Mann zu Mann, verstehen Sie ..."

Pompei unterbrach ihn ein zweites Mal. Er wollte unbedingt mit ihm über seinen Sohn sprechen.

„Also, wie ich schon sagte, ist mein Sohn Armando heute Morgen nach Rom gefahren. Mit Mumuri. Auf dem Motorrad. Sie verstehen. Meine Frau ist mit den Nerven am Ende. Unser Leben ist die Hölle, unser Seelenfrieden dahin. Sagen Sie, wie steht es um Salò? Tun Sie mir den Gefallen und sagen Sie mir die Wahrheit! Wie behandeln sie diese Jungen? Wohin schicken sie sie?"

„Der Krieg lastet auf uns allen, mein Lieber, wir tragen ihn gemeinsam auf unseren Schultern. Ein Volk im Krieg leidet, erregt sich, schlägt um sich, wird gewalttätig, zynisch und zum Dieb. Man muss es heilen. Später werden die Partei und die Kirche es wieder auf den rechten Weg führen. Wir haben viel zu tun. Für Kleinigkeiten ist da keine Zeit. Es geht um die Ehre der Nation. Wir alle sind ein Teil davon, sind verantwortlich, auch wenn wir nicht direkt an der Front sind. Sie und auch ich. Ihr Sohn tut seine Pflicht. Er hat nichts zu befürchten. Sie werden ihn gut behandeln und er wird sicher bald zurück sein. Der Krieg wird eine Wendung nehmen, die Geheimwaffe wird kommen. Die Rache wird einschlagen wie eine Bombe und alle hinwegfegen, die nicht an die Partei geglaubt haben. Sie haben Angst und fliehen. Viele werden zu Verrätern. Eine Schande, glauben Sie mir. Was werden die Deutschen von uns denken? Und der Führer? Die Deutschen halten die Italiener schon jetzt für Feiglinge, auf die man sich nicht verlassen kann. Wir müssen die Verräter auslöschen, aus dem Weg räumen", stieß er hervor.

Er wischte sich mit einem sauberen Taschentuch den Schweiß vom Hals. Seine Adern pulsierten. Seine Augen funkelten.

Pompei schwieg. Diese Rede schien gegen ihn gerichtet zu sein. Verwirrt senkte er den Blick und verschränkte nervös die Finger. Er lockerte seinen Gürtel. Was sollte er sagen?

„Gewiss, gewiss", begann er.

Als der Bürgermeister Pompeis ängstliches Gesicht sah, lächelte er und enthüllte sein schadhaftes Gebiss und das entzündete Zahnfleisch. Mit dem Handrücken wischte er sich den Speichel aus den Mundwinkeln.

„Mumuris Kinder", gab Pompei die Antwort auf die unausgesprochene Frage des Bürgermeisters und deutete auf uns.

„Ah." Er blickte uns desinteressiert an und verabschiedete sich. „Ich will Sie nicht länger aufhalten." Pompei starrte den Bürgermeister befremdet an, während dieser versöhnlich lächelte und uns über den Kopf strich.

Giovanni entzog sich der Berührung, die ausgestreckte Hand zitterte und zog sich zurück wie eine Schnecke und landete an der Hüfte.

„Er hat Angst vor mir", sagte der Bürgermeister verärgert.

„Aber nein, was sagen Sie denn da? Sie haben so laut gesprochen, vielleicht hat er sich erschreckt."

„Nun ja, auf Wiedersehen", sagte der Bürgermeister und streckte ihm nervös die mit Adern und Sehnen durchzogene Hand hin. Ein Sonnenstrahl fiel auf den langen spitzen Nagel des kleinen Fingers, der wie eine Waffe wirkte.

Wir sahen ihn hinter der Straßenecke verschwinden, den Kopf zwischen den spitzen Schultern eingesunken, die schwarzen Hosen schlotterten um seine Beine, die grauen Haare flatterten im Wind. Er drehte sich nicht um.

„Der hat Angst", sagte Pompei ungehalten, als hätte er erst jetzt den Sinn der Ansage des Bürgermeisters verstanden. „Was für eine Tirade. Er hat Angst vor den Partisanen, vor den Alliierten, vor den Deutschen, vor seinen Kameraden und vor sich selbst. Deshalb war er auch so laut." Er lachte gut gelaunt und zog eine Zigarette aus der Tasche. „Rein mit euch, Kinder", rief er uns zu, „habt ihr Hunger?" Er riss das Streichholz an. „Geht jetzt essen, Nina wartet schon."

Wir bewegten uns nicht vom Fleck. Pompei zuckte mit den Schultern, ging an uns vorbei, die Treppen hoch und rief nach seiner Frau.

20

„Wir machen ein schönes Foto, damit ihr euch an die Ferien erinnert", sagte Mumuri. „Einen Abzug behalte ich, den anderen nehmt ihr mit ins Internat."

„Hast du nicht gerade erst gesagt, wir müssen sparen?", fragte Nina.

„Ich sehe sie zehn Monate lang nicht wieder", rechtfertigte sich Mumuri und fügte hinzu, „ich möchte es rahmen und auf die Kommode stellen. Das Foto, das ich in der Brieftasche habe, ist zu alt. Kommst du auch mit zum Fotografen, Nina?"

„Nein."

„Wir gehen gleich. Prosperi hat auch am Sonntag geöffnet. Macht euch rasch fertig, Kinder."

Nina half Giovanni beim Anziehen.

Sie kämmte ihm die Haare mit Wasser und zog ihm mit der Hand die Locken glatt, dass er sauber und ordentlich aussah.

„So ist es besser", sagte sie zufrieden und nahm seinen Kopf zwischen ihre Hände.

Giovanni ging schüchtern zum Spiegel. Die Haare klebten an seinem Kopf, die blasse Stirn mit den schorfigen Stellen zeichnete sich deutlich ab. Beleidigt schob er die Unterlippe vor und schämte sich für seine roten Hände, die Nina mit Schmierseife geschrubbt hatte.

„Du siehst ganz verändert aus", rief Nina und stopfte ihm das Hemd in die Hose.

Giovanni antwortete nicht, aber man sah ihm an, dass er sich am liebsten im Dreck gewälzt hätte, um diese ganze Reinlichkeit wieder loszuwerden. Er versteckte die Hände hinter dem Rücken und begann im Zimmer auf und ab zu gehen.

„Und du?", wandte sich Nina an mich. „Zieh den gelben Rock und die weiße Bluse an, das steht dir am besten. Und lass die alten Sandalen weg, wasch dir die Beine und binde dir ein Haarband um den Kopf. Soll ich dir eins von meinen leihen?"

„Nein."

„Gut, mach schnell, dein Vater wartet. Sobald er seine Zigarette fertig geraucht hat, wird er euch rufen und du weißt, dass er nicht gerne wartet. Los, Anna, beeil dich!"

Ich ging ins Bad, wusch mir die Beine und zog mich rasch an. Giovanni las die Zeitung. Er saß ganz vorn auf der Stuhlkante, um seine Hose nicht zu zerknittern, hin und wieder warf er einen Blick in den Spiegel.

Als wir gingen, war die Sonne gerade untergegangen. Über dem Meer war der Horizont leuchtend grün. Giovanni stapfte verkniffen neben Mumuri her und versuchte mit ihm Schritt zu halten. Die Straßen waren wie verwaist, nur ein paar alte Männer saßen auf der Piazza, genossen die Kühle und rauchten schweigend. Als wir vorbeigingen, drehten sie nicht mal den Kopf. Vor der Kirche unterhielten sich zwei Frauen mit lauter Stimme. Als sie uns sahen, verstummten sie, gingen mit unsicheren Schritten die Treppe hinauf und zogen die schwere Tür hinter sich zu.

„Bigotte Weiber", sagte Mumuri und lächelte ironisch.

„Was bedeutet bigott?", fragte Giovanni und hob den Blick.

„Das heißt, sie beten, weil sie sonst nicht wissen, was sie machen sollen. Das sind geschwätzige alte Weiber."

„Warum?"

„Darum", antwortete Mumuri knapp.

Wir kamen zum Eingang eines Kellerladens, gingen die Treppenstufen hinunter und klopften an die Tür.

Ein glatzköpfiger junger Mann mit dichtem Schnurrbart und großen blauen Augen öffnete.

„Guten Abend", sagte er und sah uns erstaunt an.

„Haben Sie gerade Zeit? Stören wir?"

„Kommen Sie doch bitte herein", antwortete er, ging bis zu einem großen dunklen Raum voran und knipste das Licht an. Drinnen roch es nach Säuren und Moder. Ein mit Staub bedeckter Scheinwerfer war notdürftig mit Drähten und Fäden geflickt. Der junge Mann schlüpfte in einen schwarzen Kittel und befestigte mit seinen säurefleckigen Fingern rasch die Kamera auf dem Stativ.

„Ich bin hier, um mich mit den beiden fotografieren zu lassen", sagte Mumuri verlegen.

„Wie viele Abzüge?", fragte der Fotograf und betrachtete uns mit einem müden Blick.

„Zwei, aber groß müssen sie sein, ungefähr so." Er deutete mit beiden Händen das Format an.

„Die Preise haben sich erhöht, das sage ich Ihnen besser gleich."

„Über den Preis sprechen wir später. Da werden wir uns schon einig."

Der Fotograf schüttelte gelangweilt den Kopf. Er schob uns zu einer Bank, die vor einer weißen Wand stand, und hob mit kalten Fingern unser Kinn, trat ein paar Schritte zurück und legte prüfend den Kopf schief. Er schaltete den Scheinwerfer ein, verschob ihn ein paar Meter und ging dann wieder zurück.

„Wenig zu tun in diesen Zeiten, was?", fragte Mumuri.

Der Fotograf antwortete nicht gleich. Er steckte den Kopf unter das schwarze Tuch und sagte zerstreut: „Kaum."

„Bereit?", fragte er dann, hob den Arm, griff nach dem kleinen Gummiball und drückte ihn. Man hörte einen

Knall und ein grelles silbernes Licht blendete uns. Giovanni rieb sich die Augen. „Halt still, mein Junge", sagte der Fotograf.

Giovanni runzelte die Stirn.

„Lächeln", forderte der Fotograf.

Giovanni hob missgelaunt den Kopf, während mein Vater die Fotografien an den Wänden betrachtete und auf seinen langen Beinen von rechts nach links wippte. Brautpaare in stocksteifer Haltung, die Hände im Schoß verschränkt, hübsche Mädchen mit feuchten Lippen und lächelnden Augen, die Haare weich über die Schulter fallend.

„Viele Todesfälle", sagte der Fotograf und kräuselte die Lippen.

„Für die Zeitungen?", fragte Mumuri.

„Auch."

„Also Tagesgeschehen."

„Alles."

Giovanni gähnte und beklagte sich, dass er sich nicht bewegen durfte.

„Einen Moment, die zweite Aufnahme noch."

„Ein ruhiger Beruf", fügte Mumuri hinzu und betrachtete das Bild einer provozierend lächelnden jungen Frau, die ein Goldkettchen um den Hals trug. Ein Gesicht ohne Schatten, wie aus Gips.

„Ruhig? Nicht wirklich."

„In Rom ist es schlimmer, da herrscht Karneval, oder besser, es ist die Hölle. Da geht man besser nicht hin."

„Ich war im Krieg", sagte der Fotograf und steckte den Kopf wieder unter das schwarze Tuch.

„Darf ich mich setzen?", fragte Mumuri und suchte nach einem Hocker.

„Bitte sehr", antwortete der Fotograf und wischte mit einem Ärmel den Staub von der Bank.

„Sie gehen ins Internat zurück", sagte Mumuri und nickte in unsere Richtung.

„Aha."

„Das wird von Ordensschwestern geleitet, gute Menschen. Es kostet natürlich. Dort lernt man auch singen."

„Es kostet natürlich", wiederholte der Fotograf, drückte den Gummiball und der Magnesiumblitz flammte auf.

„Zigarette?", fragte Mumuri.

„Danke."

„Ein paar Jahre noch, bis alles geregelt ist. Vielleicht heirate ich noch mal, wer weiß. Und gründe eine neue Familie."

Der Fotograf musterte ihn und fuhr sich mit der Zunge über die Lippen. Er schaltete die Lampe aus und räumte den Fotoapparat weg.

„Das war's?"

„Die Bilder sind morgen fertig."

„Wir müssen noch über den Preis sprechen."

„Der steht fest, ich handle nicht."

„Darüber reden wir morgen noch mal."

Wir gingen die Stufen hoch, die kühle frische Abendluft tat gut. Giovanni rannte los. Mumuri ging nachdenklich neben mir her. Wir kamen am verschlossenen Portal der Kirche und an dem Stück asphaltierter Straße vorbei, die auf die Hauptstraße führte. Dort standen Jugendliche plaudernd in kleinen Grüppchen zusammen. Wegen der Verdunklung waren alle Vorhänge zugezogen und die Straßenlaternen mit dunkelblauem Stoff überzogen, wie eine Trauerbeleuchtung. Papa legte mir eine Hand auf den Nacken.

„Traurig?"

„Nein."

„Du lügst."

„Warum fragst du mich dann?"

„Weil ich es von dir hören will. Denn das bedeutet, dass es euch bei mir gefallen hat."

Als wir nach Hause kamen, stand das Abendessen auf dem Tisch. Giovanni setzte sich, aß die Gemüsesuppe und schnitt dabei Grimassen. Ich zerkrümelte das Schwarzbrot auf der fleckigen Tischdecke. Nina kaute unbeeindruckt.

„Es ist kalt, wir müssen bald einen Ofen kaufen", sagte sie. „Wann gehen wir nach Rom?"

„Wenn es vorbei ist."

„Was vorbei?"

„Der Krieg, du Dummerchen. In Rom würde es dir in diesen Tagen nicht gefallen, da bin ich mir sicher."

„Warum?"

„Wegen der Bomben und dem Hunger. Die Leute fliehen aufs Land und du willst in die Stadt."

„Jetzt gehen auch die Kinder weg", Nina schaute sehnsüchtig auf Giovannis verschrammte Hände, „ich werde mich einsam fühlen."

„Die Pompeis sind doch da", erwiderte Mumuri.

Nina machte eine abwehrende Geste, als wolle sie sagen: „Ach, die."

„Der Krieg dauert ohnehin nicht mehr lange", bemerkte er, was allerdings ironisch klang.

Nach dem Essen kamen die Pompeis zum Kartenspielen herunter, das übliche Ritual. Mumuri machte sich den Gürtel weiter. Die Pompeis brachten eine halbe Flasche Wermut mit.

Sie spielten schweigend, vergaßen die Zigaretten im Aschenbecher. Später ging Giovanni, die Beine noch voller Sand, ins Bett. Als Nina ihm einen Gutenachtkuss gab, entdeckte sie eine Narbe hinter dem Ohr. Er wollte aber nicht sagen, von wem er sie hatte. „Tut's weh?", fragte sie fürsorglich und er verneinte. Er solle sich noch die Beine waschen, fügte Nina hinzu. Er nickte, tat es aber nicht. Er ließ die fleckige blaue Hose zu Boden fallen, zeigte mir den Sand in seinen Leisten und kratzte sich gähnend.

Dann ging er ins Bad, um sich zu waschen, kam aber sofort zurück und hielt etwas in der Hand. Als er es auf dem Laken herumkrabbeln ließ, erkannte ich, dass es ein Krebs war. Er kitzelte ihn mit dem Fingernagel. Beim Näherkommen sah ich, dass der Krebs hinkte, ihm fehlte ein Bein. Giovanni griff nach ihm und legte sich ins Bett.

„Was machst du mit ihm?", fragte ich und beobachtete seine Bewegungen.

„Er schläft bei mir."

Der Krebs glitt ihm aus der Hand und fiel auf das Kissen, dann krabbelte er über eine Falte und fiel auf der anderen Seite hinunter.

„Du musst ihn in ein Glas legen."

„Ich nehme ihn mit nach Rom."

„Die Nonnen schreien und werfen ihn weg", antwortete ich.

„Ich verstecke ihn."

„Das geht nicht."

„Warum?"

Weil die Schwestern alles herausfinden, dachte ich, sie sehen alles, sie haben Augen wie Antennen, immer auf Empfang. Sie durchsuchen deine Kleidung und deine Gedanken und kommen dir auf die Schliche. Für sie ist alles Sünde. Misstrauisch ziehen sie die Augenbrauen hoch und fragen unvermittelt: „Was denkst du gerade?" Ich zuckte mit den Schultern. Ich schaute auf den Altar, mit der von der Zeit vergilbten Stickdecke. In den Morgenstunden war das Licht ausgeschaltet, um Strom zu sparen. Auf dem Altar stand der Reliquienschrein. Die Reliquie war schon seit Jahrhunderten hier. Um was es sich genau handelte, wussten wir nicht, vielleicht einen Fetzen Haut. Hinter dem gewölbten Glas erkannte man schemenhaft eine Art dunkel gesprenkelte Watte. Die Schwestern beugten sich darüber und küssten sie. Sie sagten, es sei die Reliquie einer Heiligen, der man ein Stück Haut abgeschnitten und zwischen zwei Glasscheiben gepresst hatte. Ich stellte mir ein bleiches Gesicht vor, mit hervorstehenden Wangenknochen, der Mund weit aufgerissen, blutverkrustete Wimpern, gelbliche leblose Haut. Vor meinem inneren Auge erschien eine einbalsamierte Heilige in einer düsteren mittelalterlichen Kirche, die uns die Nonnen einmal gezeigt hatten. Die Kerzen brannten langsam herunter, ihre Flammen spiegelten sich im gläsernen Sarg wider. Die Schwester kniete vor dem Altar nieder und stand dann auf, um uns zu beaufsichtigen. Sie wusste schon alles. Sie beobachtete uns bei unseren Scherzen, erriet unsere geheimsten Gedanken, indem sie unsere Köpfe knackte wie Mandeln. Wenn wir uns morgens mit Schmierseife den Nacken wuschen, ließ sie uns nicht aus den Augen und kontrollierte, ob er auch trocken war. Ihr Blick war scharf wie eine Klinge. Jeder Gedanke, der kein Gebet war, war monströs und abartig. Und sie riet dir mit ihrer sanften, verführerischen Stimme zu beten.

21

Montagmorgen. Der Koffer war bestmöglich auf dem Motorrad befestigt. Es regnete leicht. Ab und zu kam die Sonne durch und ihre Strahlen fielen auf die schräg fallenden Tropfen.

„Wo ist der Koffer?", rief Nina und schaute sich um.

„Schon festgemacht." Mumuri kam aus dem Bad und trocknete sich die Hände ab.

„Es ist sieben."

„Ich weiß."

Nina kam in unser Zimmer und warf einen letzten Blick in die Schubladen und den Schrank. Sie jammerte, sie habe Rückenschmerzen. Mumuri küsste sie auf die Schulter und sie lächelte.

„Giovanniiiii", rief sie und beugte sich aus dem Fenster.

Er war vor einer halben Stunde gegangen, um sich von seinen Freunden zu verabschieden.

„Wo ist er hin? Ihr braucht etwas für den Kopf, es regnet", sagte Nina besorgt.

„Nur ein paar Tropfen", sagte Mumuri und fuhr sich über das frisch rasierte Kinn.

„Und wenn es mehr wird?"

„Dann warten wir, bis es aufhört."

„Dann seid ihr erst um neun da."

„Ach was!"

„Noch einen Kaffee?", fragte mich Nina.

„Nein."

„Bist du traurig?"

„Nein."

„Nächsten Sommer kommst du wieder."

„Ja."

„Freust du dich?"

Ich antwortete nicht. In diesem Moment kam Giovanni zurück. Er hatte schlechte Laune. Wir stiegen auf das Motorrad. Nina half uns. Sie umarmte Giovanni ein allerletztes Mal. Mumuri trat das Motorrad an. Die Tropfen fielen unregelmäßig und schwerelos.

„Es regnet wirklich", sagte Nina.

„Beim Fahren trifft uns der Regen nicht", lachte Papa. Giovanni umklammerte den Lenker, ich umfasste Mumuris Taille.

„Ciao, mein Schatz."

„Ciao, Nina."

Wir fuhren rasch los. Ich drehte mich um und winkte. Nina stand vor der Tür und winkte zurück, breitbeinig, die zerzausten schwarzen Locken fielen ihr auf die Schultern.

„Alles klar?", rief mein Vater gut gelaunt.

„Alles klar."

Der Regen durchnässte meine Haare und rann mir in den Nacken. Ich zitterte und versuchte noch einmal das Meer zu sehen, aber die Sicht war durch die lange Reihe der cremefarbenen Sommerhäuser hinter den zerzausten Oleandern versperrt.

Wir fuhren mit hoher Geschwindigkeit Richtung Rom. Ich spürte, wie mir die Regentropfen die Beine hinunterliefen. Fast hätte es uns aus einer Kurve getragen. Mein Vater fluchte. Wenn ich den Kopf reckte, konnte ich Giovannis verkrampfte bleiche Hände sehen, seine Oberschenkel hatten Gänsehaut vor Kälte. Wir überholten einen Lastwagen voller Soldaten.

„Schon wieder Soldaten", sagte Mumuri.

„Armando?", fragte Giovanni und drehte den Kopf.

„Armando ist in Salò", rief Papa.

Rechts und links der Straße erstreckten sich Maisfelder, Olivenhaine, dann wieder Maisfelder, vor uns sah ich die Kurven und die Oleanderbüsche mit herabhängenden Ästen noch voller Blätter. Der Asphalt dampfte. Ein Hund lief schwanzwedelnd über die Straße.

Wir machten in einem kleinen Dorf eine Pause, um die klapprige Maschine abkühlen zu lassen. Mumuri ging in die Bar und bestellte drei Cappuccini. „Nehmen wir afrikanischen oder türkischen Kaffee?", fragte der Barista gut gelaunt und beugte sich nach vorn.

„Soweit ich weiß, macht ihr ihn aus irgendwelchem Kraut", schimpfte Mumuri und lehnte sich an den Tresen.

„Bald haben wir amerikanischen Kaffee", sagte der Barmann und zwinkerte ihm zu.

Mumuri schaute sich ärgerlich um.

„Mögen Sie keinen echten amerikanischen Kaffee?", fragte der Barmann und goss die heiße Milch in die Tassen.

„Für mich schmeckt jeder Kaffee gleich. Hauptsache, er ist stark. Zichorie kann ich nicht mehr riechen."

„Da sind wir uns einig. Zichorie ist ein übles Kraut, das muss man ausrotten. Außerdem ist sie das ‚Nationalgetränk', Augenwischerei. Autarkie, so ein Quatsch."

„Jetzt aber her mit der Zichorie, ich habe es eilig", sagte Mumuri, er senkte den Blick, die Situation war ihm unangenehm.

„Haben Sie Angst?", fragte der Mann und lachte. „Was ist schlimm daran, über Kaffee zu sprechen?"

„Ich habe es einfach eilig."

„Verstanden. Leute wie Sie haben es immer eilig. Oh, Entschuldigung, Typen wie *Ihr.* Sind das Ihre Kinder?"

„Ja, warum?", fragte Mumuri misstrauisch und trank den Milchschaum ab.

„Wer weiß, was sie von diesem ganzen Chaos verstehen werden."

„Da gibt's nichts zu verstehen", unterbrach Mumuri und bezahlte.

In diesem Moment betrat ein großer Mann mit hängenden Schultern die Bar, er lächelte dem Barmann zu und setzte sich auf einen Stuhl ganz nach hinten. Der Boden war mit Sägespänen bedeckt. Die von der Feuchtigkeit benommenen Fliegen landeten mit lautem Brummen auf den feuchten Wänden. Der Mann nahm den nassen Hut ab und legte ihn auf den Tisch. Mumuri sah erst zum Barmann, dann zum neu angekommenen Gast und konnte sich nicht entschließen zu gehen.

„Willst du einen *Bombolone*?", fragte Papa Giovanni und zündete sich eine Zigarette an.

„Ja."

Der Barmann streckte seinen kurzen Arm in die Auslage, nahm ein Gebäckstück heraus und hielt es Giovanni hin. Er lächelte. Giovanni streckte schüchtern die Hand danach aus. Ich ließ mir ebenfalls einen *Bombolone* geben und schon bald waren meine Finger voller Fett und Zucker.

„Schmeckt's?", fragte Papa und sog tief den Rauch seiner Zigarette ein.

Giovanni nickte. Das draußen an die Wand gelehnte Motorrad dampfte. Der Himmel war bedeckt, es regnete immer noch.

„Hunger?"

„Ja", antwortete ich.

„Heute werdet ihr wieder mit euren Mitschülern am langen Tisch essen", sagte er.

Ich schluckte den letzten Bissen hinunter und dachte an das Refektorium im Internat. Die lange Tafel, die sich bewegenden Hände, die zusammengerollten Servietten. Das bisschen Fleisch, das im Fett schwamm. Das Brot, das man neben dem Wasserglas zerbröselte. Obst gab es in Kriegszeiten keines. Und Fleisch zwei Mal im Monat. Man musste auf vieles verzichten. Wir beklagten uns. Die Schwester neigte das erschöpfte Gesicht über den schmutzigen Teller. „Betet", sagte sie und schaute uns mit ihren rot geäderten blauen Augen an. „Was ist die Schlafkrankheit?", fragte eine Mitschülerin. „Wacht man da nie wieder auf?" „Es reicht, wenn der Glaube wach ist", antwortete die Schwester und kaute ihr Gemüse. Die Kälte kroch in jeden Winkel des Körpers. Die Stimme, die aus dem Evangelium las, wurde unsicher und stockte. „Die Suppe wärmt", sagte die Schwester. Aber was wärmt sie?, überlegte ich. Es war Zeit für das Gebet, wir mussten gehen.

„Gehen wir", sagte Mumuri und warf dem Mann in der hinteren Ecke einen letzten Blick zu. „Was bin ich schuldig?"

„Die *Bomboloni* sind ein Geschenk des Hauses", sagte der Barmann und schaute auf Giovannis regennasse Haare.

Mumuri wusste nicht, was er sagen sollte. Er schaute dem Mann ins lächelnde Gesicht. Dann blickte er unschlüssig auf seine Hände, zündete sich eine Zigarette an und bot dem Barmann auch eine an, der sie mit einem dankbaren Kopfnicken annahm.

„Danke Ihnen", sagte Mumuri und steckte das Päckchen in die Tasche zurück.

„Wofür?"

„Wenn Sie weiter so offen sprechen, wird das böse für Sie ausgehen", sagte Mumuri, verzog den Mund und warf dem anderen Gast einen ängstlichen Blick zu, der jetzt an die Wand gelehnt zu schlafen schien.

„Das ist ein Freund", sagte der Barmann postwendend.

„Ich kümmere mich nicht um Politik, das geht mich nichts an", fügte Mumuri entschieden hinzu.

„Alles geht uns etwas an. Es ist sinnlos, so zu tun, als würde man das nicht sehen."

„Ich sehe sehr gut", protestierte Mumuri. Der Barmann lächelte und rauchte weiter.

„Na dann, auf Wiedersehen", beeilte sich Mumuri zu sagen, „und danken Sie Gott, dass ich kein Spion bin."

„Ich habe keine Angst. Die Zeit für euch Faschisten ist abgelaufen."

Mumuri zuckte zusammen. Er packte uns an den Handgelenken und zog uns, ohne sich noch einmal umzudrehen, hinaus auf die Straße. Er ließ uns erst los, als wir vor dem Motorrad standen, dann schaute er zum Himmel. „Es regnet immer noch, und nicht zu knapp. Ist dir kalt?", fragte er Giovanni.

„Nein."

22

Das Motorrad wollte nicht anspringen. Papa warf den Zigarettenstummel weg, umfasste mit beiden Händen den Lenker und trat mehrmals auf das Startpedal.

„Endlich", sagte er, als der Motor stotternd ansprang.

Aus dem Auspuff quoll schmutzig weißer Rauch. Der regennasse Lack glänzte. Giovanni stieg als Erster auf, dann kam Papa, und ich dahinter.

Die Straße war mit Schlaglöchern übersät. Immer wieder machte das Motorrad einen Satz, um kurz danach hart auf dem Boden zu landen. Die Löcher waren voller Wasser und Matsch. Mumuri starrte auf die Straße, mit steifem Nacken, hochkonzentriert, jederzeit bereit, die Beine einzusetzen, um die Maschine im Gleichgewicht zu halten.

„Ich kenne eine Abkürzung", sagte er und fuhr langsamer.

Wir bogen auf einen Feldweg ab, der zwischen Weinreben und graubraunen Weideflächen hindurchführte, und erreichten einen Bauernhof, dessen Dach eingestürzt war.

Die Schweine standen quiekend vor dem leeren Heuschober. Ein Mann lud Holz auf einen Wagen, der von einem klapperdürren Esel gezogen wurde.

Wir hielten an einem Brunnen an, Giovanni hatte Durst und rannte darauf zu, dabei wäre er fast hineingefallen. Er schob den Kopf unter den eisernen Wasserhahn und trank gierig.

Papa blieb breitbeinig auf dem Motorrad sitzen, die Füße in den Boden gestemmt, damit er den Motor nicht ausmachen musste.

„Bist du fertig?"

„Ich muss Pipi", rief Giovanni und rannte davon.

„Beeil dich", rief Papa hinter ihm her.

Giovanni kam zurück, er hielt sich die Hose fest.

„Knöpf dich richtig zu", sagte Papa lächelnd.

Giovanni knöpfte rasch die Hose zu und nahm wieder vor ihm Platz. Wir fuhren durch einen Kastanienwald. Überall war es grün, die Luft roch nach Regen und Blättern. Der Weg wurde schmaler und holpriger.

„Bald sind wir wieder auf der Hauptstraße", sagte Mumuri und drehte sich um.

Bei einer Abzweigung bogen wir auf die Hauptstraße ein. Einige Kilometer weiter wurden wir von zwei Soldaten angehalten, die uns nach dem Zweck unserer Reise fragten. Mumuri zog ein Dokument heraus und wir durften weiterfahren.

Unvermittelt tauchten die ersten Häuser Roms vor mir auf.

„Wir sind da", sagte Mumuri.

Der Regen fiel jetzt stärker. Meine triefend nassen Haare hingen mir vor den Augen. Die Häuser standen jetzt dichter, einige waren eingestürzt, nur die Wände waren stehen geblieben. Zwischen den Trümmern erkannte man die Abdrücke der Möbel, die einst dort gestanden hatten. Die gelben Fassaden waren von den Einschlägen der Bombensplitter übersät und wirkten wie pockennarbige Gesichter. Die Straße war durch die herumliegenden Trümmer kaum befahrbar. Menschen mit abgetragenen Mänteln und ausgezehrten Gesichtern hasteten umher. Hupend fuhr ein Auto an uns vorbei.

„Die Deutschen", sagte Papa wütend.

„Was machen sie?", fragte Giovanni.

„Sie gehen fort."

„Wohin?"

„Keine Ahnung."

Eine schwangere Frau wäre uns fast ins Motorrad gelaufen. Mumuri fluchte. Eine Tasche landete im Rinnstein voll schwarzem Wasser.

„Sie passen nicht auf, wo sie hintreten", schimpfte Mumuri und beugte sich nach vorn. Wir bogen in eine schmale regenfeuchte Straße ein. Die Leute wichen misslaunig aus. Ein junger Mann rief uns ein Schimpfwort hinterher. Jemand hatte einen Schirm aufgespannt. Ein Briefträger stand vor einer Tür und starrte uns an. Als wir vorbeifuhren, wandte er den Blick ab. Zwei Katzen liefen über die Straße.

Wir waren jetzt fast da. Ich spürte die Nähe des Internats, es war bereit, wieder nach uns zu greifen. Ich sah die Schwester lächelnd näher kommen, die gelblichen Zähne zwischen den roten Lippen, die grauen Härchen um die Augen, die uns forschend ansahen. Und die Hände, die sich nach dir ausstreckten, dich durchsuchten, dir jedes Geheimnis entrissen. Die raschelnden Röcke in den feuchten Fluren. Der Küchengeruch. Die schlecht schließenden Fenster, durch die die Feuchtigkeit drang. Ein Fleck auf dem grauen Steinboden, eine tote Fliege, die auf der Scheibe klebte. „Was denkst du?", fragt die Schwester und hebt dein Kinn an. „Denkst du an Gott?" Man muss nach oben gehen und das Bett machen. Die anderen Mädchen sitzen gähnend auf den Bänken und ziehen sich die weißen Strümpfe aus. Schon bald wird auf dem Kissen ein Fettfleck sein. Und wenn ich Halsschmerzen habe, werde ich einen heißen Kamillentee in einem Blechbecher trinken, der nach Ei schmeckt. Und wenn ich mich beschwere, sagt die Schwester, Jesus habe Essig getrunken. Ich muss mir mit Bimsstein die Finger sauber schrubben, nachdem ich mit einem Pappfederhalter geschrieben habe. Die Schwestern sprechen leise. Sie sagen, die Mütter denken nicht an die Kinder. „Sie lassen sich schwängern, aber wie sie ihre Kinder behandeln …" Sie schütteln den Kopf, fassen sich an die Brust und richten den Blick gen Himmel, an die rußgeschwärzte Decke. Und wenn sie die Schinken an den Haken hängen sehen, sind sie zufrieden. Aber die werden nicht angerührt. „Denn man weiß nie." Dabei lassen sie mechanisch die Finger über den Rosenkranz gleiten, bewegen die aufgesprungenen Lippen. Sie treffen sich in der Küche, weil es dort am wärmsten ist, und laufen mit ihren Stiefeln über die eiskalten Fliesen. Noch immer empören sie sich über herzlose Mütter. „Und die Mädchen, schaut sie euch an, welches Ende sie nehmen. Einer bezahlt immer die Zeche. Man muss Gott für unser Brot danken. Den Krieg haben nicht die Männer gewollt, sondern die Frauen. Die Frauen mit den angemalten Lippen und den geschwärzten Augenbrauen natürlich. Wie sie sich anmalen." Sie verziehen angewidert den Mund und umfassen die massiven schwarzen Perlen des Rosenkranzes.

„Keine große Lust, was?", fragte Mumuri plötzlich und lachte. Giovanni umklammerte mit den blau gefrorenen Beinen den Tank. Ich hatte das Gefühl, mein Mund sei voller Staub. Dabei regnete es. Meine Beine waren schlammverspritzt. Die Haare klebten mir an den Ohren. Ich spürte schon die knochigen Finger der Schwester, die mir die Haare mit einem rauen Handtuch trocken reiben würde. Sie wird sich wundern, warum sie während der Ferien nicht gewachsen sind. „Hast du sie vielleicht schneiden lassen?", wird sie fragen und eine Locke zwischen die Finger nehmen. „Koketterie ist eine Sünde", wird sie vorwurfsvoll sagen. Sie wird meinen Hals mit den roten Flecken betrachten und sich denken, dass ich nicht hören will und dickköpfig bin. Als ob sie taub wäre, wird sie zu sich sagen und sich fragen, ob ich den gebotenen Respekt zeige. Und gleichzeitig wird sie sagen, dass ich gewachsen bin und der Rock verlängert werden muss. „Man kann die Knie sehen", wird sie schließlich feststellen. „Reibe dir die Haare trocken und kämme sie nach hinten. Du wirst doch kein Fieber haben?" Ich werde den Regentropfen zusehen, die gegen die Fensterscheiben des Schlafsaals prasseln. Die Läden sind nur angelehnt. Sie werden mich kommen sehen, weil sie ständig nach draußen spähen. Und wenn ich im Schlafsaal bin, werde ich durch das halb geöffnete Fenster die regennassen Ziegel erkennen können. Die Mutter Oberin wird die letzten Gebete sprechen, das Gesicht starr wie Gelatine. Sie wird mich verärgert ansehen, wenn ich niesen muss. Vielleicht wird sie mir über die Wange streichen. Und Giovanni wird auf der anderen Seite der Wand sitzen, aber ich kann ihn nicht sehen. „Die Jungen sind zu laut", sagen die Schwestern und verziehen den Mund. Und Giovanni wird sich gegen die Wand lehnen, seine Tränen unterdrücken und die glänzenden Augen schweifen lassen. Er wird zitternd und wie betäubt mit seinen Schuhen spielen.

Wir hielten an einer Ampel. Der Motor stotterte und blies rülpsend die heißen Abgase zwischen die Beine der Passanten. Mumuri schaute in ein Schaufenster, in dem Wurstringe hingen und Käselaibe ausgestellt waren. Mein Magen knurrte. Ich dachte an den süßen Geschmack des fettigen *Bombolone*. Giovanni ließ den Regen über sich ergehen. Das Wasser lief ihm aus den Schuhen und den Ärmeln. Papa küsste ihn auf den Kopf, um ihn zu trösten. Er lächelte. Das Haus vor uns war ausgebombt. Inmitten der Trümmer stand ein Stuhl, ein gelber Korbstuhl, die Beine waren angesengt. Eine Katze miaute verzweifelt.

„Sei still, du blödes Vieh", rief Mumuri. Sie beugte sich über das Dach des Hauses. „Spring schon!", fügte er übermütig hinzu.

Die Katze miaute immer noch. Wir schlitterten über den nassen Asphalt. Wir kamen an einer verriegelten, schwarzen Haustür vorbei, vor der zwei Frauen in Trauerkleidung standen. Ein Militärlaster parkte an der Straßenecke. Schreie waren zu hören. Wir bogen auf einen menschenleeren Platz ein, in dessen Mitte ein wasserloser Brunnen stand. Langsam kam uns ein glatzköpfiger Mann auf einem Fahrrad entgegen. Er hatte die Hosenbeine unten mit einem Gummiband zusammengebunden, seine Wangen waren gerötet. Keuchend trat er in die Pedale. Die zu kurzen Ärmel rutschten ihm über die Ellbogen. Hinter den Ohren hatte er noch ein paar wenige Haare, er trug zwei verschiedene Schuhe, die mit Faden geschnürt waren.

Wir hielten erneut an, dieses Mal ließen wir die Straßenbahn vorbei. Die blanken Schienen zwischen dem Schlamm erzitterten. Eine alte Frau beugte sich neugierig heraus. In der Kurve verlangsamte die Straßenbahn die Fahrt und läutete schrill. Zwei Kinder tauchten auf dem hinteren Trittbrett auf. Die Räder quietschten bedenklich, dann fuhr die Bahn in die Kurve und die Anhöhe hinauf. Wir folgten ihr. Ich sah einen Mann, der unter einem improvisierten Zelt Obst verkaufte. Er hob einen Henkel Trauben in die Höhe und eine dicke junge Frau nickte und er ließ die Trauben in ihre große schwarze Tasche fallen.

„Wir sind da", verkündete Papa und deutete mit dem Kinn auf die geschlossene Tür des Internats.

„Die Schule beginnt wieder", fügte er hinzu und klopfte seinem Sohn auf den Rücken.

Giovanni löste die steif gefrorenen Finger vom Lenkrad und schaute ihn an. Die klatschnassen Haare hingen ihm über die Augen.

„Wir sind ganz schön nass", sagte Mumuri und lachte.

Giovanni fuhr sich mit der Hand über das Gesicht. Ich stieg ab und machte ein paar Schritte, die Beine taten weh und zitterten. Ich hatte das Gefühl, sie nicht mehr schließen zu können. Giovanni nieste.

„Geht schnell rein", sagte Papa und schob uns zum Tor. „Anna, läute bitte."

Ich läutete und hörte die Glocke anschlagen. Die schlurfenden Schritte der Alten.

„Wer ist da?"

„Wir sind es, Mumuri", sagte mein Vater ungeduldig.

Ein Stück des dunklen Flurs wurde sichtbar.

„Ah …", sagte die Schwester und öffnete die Tür ganz. Sie musterte uns von oben bis unten. „Putzt euch erst die Schuhe ab", fügte sie hinzu, als sie unsere dreckigen Füße sah.

„Auf, auf, es regnet", drängte Mumuri und schob uns hinein.

„Ich rufe die Mutter Oberin", sagte die Alte und verschwand. Sie ging gebeugt. Wie immer trug sie eine schwarze Schürze und das ausgeblichene rote Schultertuch. Der Knoten war mit Haarnadeln im Nacken festgesteckt. Sie drehte sich um, um zu prüfen, ob wir uns auch die Füße auf dem Läufer abtraten.

Die Mutter Oberin kam mit ihrem schwankenden Schritt und raschelnden Röcken an die Tür. Sie sprach leise und mit gesenktem Blick mit Papa. Immer wieder glitt ihre Hand nervös zum Rosenkranz und ließ die schwarzen Perlen klackern. Sie musterte uns neugierig und streng, streckte die Hand aus und zog sie wieder zurück. Sie gab der Pförtnerin die Anweisung, die Tür zu schließen. Mumuri gab zu bedenken, dass er sein Motorrad beaufsichtigen müsse. Die Mutter Oberin senkte den Kopf und die Alte ließ die Tür halb offen. Um den Hals trug sie ein Medaillon mit der Fotografie eines Verstorbenen.

„Der Unterricht hat schon begonnen", sagte die Mutter Oberin.

„Wir kommen vom Meer und bei dem Regen haben wir einiges an Zeit verloren."

„Zieht euch um", befahl sie, ohne weiter darauf einzugehen.

Mumuri bückte sich, um uns einen Kuss zu geben. Wir hielten ihm die regenfeuchten Wangen hin.

„Ich komme euch bald besuchen", versprach er.

Wir gingen durch den dunklen Flur, der nach alter, abgestandener Küche roch. Die grauen Vorhänge waren zugezogen. Aus den Klassenzimmern war lautes Stimmengewirr zu hören. Ein wohlbekannter Geruch schlug mir entgegen: Kohl, Insektenvernichtungsmittel, Lilien, Kerzenwachs. Ich hatte das Gefühl zu ersticken.

Vor der Treppe trennten sich unsere Wege.

Eine Schwester stand an der Tür der Knabenklasse und wartete geduldig, bis Giovanni an ihr vorbeigegangen war.

„Ciao, Giovanni."

„Ciao, Anna", sagte er, ohne mir ins Gesicht zu sehen. Die Ferien waren zu Ende.

Melania G. Mazzucco *Die Villa der Architektin*
Rom im 17. Jahrhundert – prachtvolle Paläste, monumentale
Kuppeln, kostbarer Stuck. Durch die selbstherrliche Macht der
Päpste und Kardinäle wächst die Stadt im barocken Prunk.
Während Frauen Kind auf Kind gebären und sich für die Fami-
lie abschinden, malt eine 13-Jährige ihr erstes Altargemälde. Der
Vater, plebejisches Künstlergenie und Komödiendichter, führt
das Wunderkind in die Kunst ein und lehrt sie, an das Unmög-
liche zu glauben. Plautilla Bricci wird nicht nur eine bedeutende
Malerin und Mitglied der Accademia di San Luca, sondern
auch die erste Frau, die einen prächtigen Palazzo nach eigenen
Entwürfen plant und vollendet. Gegen alle Widerstände wird
ihr Name in den Grundfesten der Villa Benedetta auf dem
Gianicolo eingraviert sein …
Die erste Architektin der Geschichte: Eine außergewöhnliche
Frau im barocken Rom, zwischen Kunst, Prunk und Elend.

»Eine Geschichte von epischer Kraft.« *Süddeutsche Zeitung*

»Über Nacht hatte die Kunstgeschichte einen neuen weiblichen
Star.« *Neue Zürcher Zeitung*

»Außergewöhnlich ist Mazzuccos Rekonstruktion dieses über-
bordenden und korrupten, sinnlichen und scheinheiligen, heite-
ren und tieftraurigen Rom des 17. Jahrhunderts.« *La Repubblica*

Die Gouvernanten

Sie sind zu dritt, und in der abgeschiedenen Villa hinter hohen Bäumen sind sie die Königinnen: die Gouvernanten. Auf die Erziehung der ihnen anvertrauten Jungen geben sie wenig, lieber lassen sie sich müßig durch die hellen Tage treiben. Unbeeindruckt von den Wünschen der Herrschaften Austeur und des greisen Nachbarn, ziehen sie in ihren seidenen Kleidern durch die Farne, rauchen mit nackten Beinen und gebieterischen Blicken auf der Vortreppe. Und wenn sich ab und zu das goldene Tor öffnet und sich ein Fremder in ihren Garten verirrt, gehen sie wie im Rausch auf die Jagd und verschlingen ihre Beute mit Küssen und Bissen.

Mit Eleganz, dunkler Sinnlichkeit und subtiler Komik erzählt Anne Serre in diesem fantastischen Märchen von der Macht der Blicke und von weiblichem Begehren.

»Dieser betörende und berauschende kleine Roman von Anne Serre ist ein ganz seltenes poetisches Fundstück.« *Die Zeit*

»Anne Serre ist eine veritable Entdeckung.« *Süddeutsche Zeitung*

»Wild, ein bisschen surreal, dann wieder ziemlich lustig: In einer atmosphärisch packenden Sprache erzählt Anne Serre eine wundersam schwebende Geschichte.« *SWR*

Mehr über Autorin und Werk auf *www.unionsverlag.com*

Kristina Gorcheva-Newberry im Unionsverlag

Das Leben vor uns

Anja und ihre beste Freundin Milka wachsen in den Achtziger-
jahren am Stadtrand von Moskau auf. In den Sommermonaten
streifen sie durch die Maispflanzen, suchen wilde Erdbeeren
und fangen Grillen als Glücksbringer. Und während ihre Eltern
gekennzeichnet sind von den Entbehrungen der Vergangenheit,
verlieben sich die beiden in die Hymnen von Freddie Mercury
und das Raunen einer verheißungsvollen Zukunft. Als Anjas
Jugend ein jähes Ende nimmt, versucht sie noch vor dem Fall
des Eisernen Vorhangs, sich in den USA eine neue Heimat auf-
zubauen. Doch durch das Sehnsuchtsland ihrer Jugend streifen
die Geister ihrer Vergangenheit. Mit der eindringlichen Geschichte einer unerschütterlichen Freundinnenschaft erzählt
Kristina-Gorcheva Newberry vom Aufwachsen in einem Staat
kurz vor dem Zerfall.

»Eine Jugend in Moskau in unschuldigeren Zeiten: Ein mitrei-
ßender Coming-of-Age-Roman, der in den letzten Jahren der
Sowjetunion spielt.« *taz*

»Mit großer Genauigkeit und poetischer, bildreicher Sprache
zeichnet Kristina Gorcheva-Newberry einen Mikrokosmos der
russischen Gesellschaft unter wechselnden politischen Vorzei-
chen. Ein echter Pageturner.« *Deutschlandfunk Kultur*

»Gorcheva-Newberry zeichnet mosaikhaft – und damit auch
in Tschechow'scher Manier – ein umfassendes Bild des Alltags
in Moskau während der letzten Jahre vor Gorbatschows Regie-
rungsantritt.« *Frankfurter Allgemeine Zeitung*

Mehr über Autorin und Werk auf *www.unionsverlag.com*

Hunger und Zorn

Wenn die kleine Isor von ihren Streifzügen zurückkehrt, kann ihre Mutter nur erahnen, wo sie war. Mit den Fingern löst sie die Zöpfe der Tochter, findet Löwenzahnblüten, Grashalme, einen Käfer. Erzählen wird Isor nichts – denn Isor ist nicht wie andere Kinder. Sie spricht nicht, lernt nicht, lebt in stummen Gedanken und tobenden Wutausbrüchen. Gefangen in einer Realität, die nicht die ihre ist, treibt sie ihre Eltern in die Verzweiflung. Bis sie eines Tages auf Lucien von nebenan trifft, und in dem vorsichtigen, einsamen Alten eine verwandte Seele erkennt. Alice Renard erzählt von einem ungewöhnlichen Mädchen und einer ungleichen Freundschaft, vom Brodeln unter der Oberfläche, vom Mythos der Normalität und der Suche nach einer Welt, die groß genug ist für das Unerwartete.

»*Hunger und Zorn* ist ein Debüt, das Menschen, die von der scheinbaren Normalität abweichen, eine kraftvolle Stimme gibt.« *Rainer Moritz, Deutschlandfunk Kultur*

»Ein unverzichtbarer, wunderschöner Roman über Freundschaft und Liebe, der mitten ins Herz trifft. Versprochen.« *France Info*

»Ein Buch wie ein Komet. Flüsternd und donnernd behauptet sich Alice Renard mit diesem fulminanten Roman im großen literarischen Konzert der Saison.« *Le Point*

»Alice Renard lässt ihre Sprache zerspringen, zerzaust sie, formt sie zu unermesslicher Poesie.« *Le Figaro*

Wo Licht ist

Um der strengen Führung ihrer Mutter zu entkommen, träumt sich Ally weit fort, auf fliegende Teppiche und in ferne Länder. Als sie älter wird, formt sich ein neuer Traum in ihr: Sie will als eine der ersten Frauen Englands Medizin studieren. Doch dafür muss sie in einer Männerwelt bestehen, in der der kleinste Fehler sie zu Fall bringen kann.

Zwischen den Meeren

Kurz nach der Hochzeit muss sich ein junges Paar wieder trennen: Tom reist nach Japan, um Leuchttürme zu bauen, Ally, eine der ersten Ärztinnen Englands, tritt in Cornwall eine Stelle in der Psychatrie an. Kritisch beäugt von ihren männlichen Kollegen, stürzt sie sich in die Arbeit, während das Fundament ihrer jungen Ehe immer brüchiger wird.

Schlaflos

Eine karge schottische Insel, eine wacklige Telefonverbindung und zwei kleine Kinder, die vollkommene Aufmerksamkeit fordern: Anna versucht verzweifelt, ihre Forschungsarbeit voranzutreiben und dabei einen klaren Kopf zu bewahren, als ein verstörender Fund ihren Blick auf die Geheimnisse der Insel und ihrer verfallenen Steincottages lenkt.

Sommerwasser

Während der Sommerregen auf den schottischen See trommelt, bleibt in den wenigen Ferienhütten kaum etwas zu tun. Man beobachtet die anderen und formt aus flüchtigen Eindrücken ein Urteil: über die joggende Mutter, den genervten Teenager, das junge Paar. Und über die eine Familie mit dem komischen Nachnamen, die einfach nicht hier hingehört.

Die Erfindung des Ungehorsams

Hitze, Regen, beißender Gestank. Iris tigert in Manhattan durch ihr Penthouse und wartet voller Ungeduld auf die nächste Dinnerparty, die ihr wieder ein wenig Leben einhaucht. Ling, angestellt in einer Sexpuppenfabrik im Südosten Chinas, kontrolliert künstliche Frauenkörper auf Herstellungsfehler, bevor sie sich abends bei Filmklassikern in ihre Einsamkeit zurückzieht. Und im alten, düsteren Europa folgt Ada ihren mathematischen Obsessionen, träumt von Berechnungen und neuartigen Maschinen, das Ungeheuerliche stets im Kopf. Drei Frauen in drei Welten: Sie alle sind auf der Suche nach einer Antwort – nach dem Kern der Dinge. Und sie alle sind, ohne es zu ahnen, miteinander verbunden.

Vor aller Augen

Das Mädchen mit dem Perlenohrgehänge, die Dame mit dem Hermelin, Frauen auf weltberühmten Gemälden von Leonardo da Vinci, Vermeer, Rembrandt, Courbet, Schiele, Munch. Wir sehen ihre Körper, ihre Blicke, ihre Kleidung, gebannt oder verbannt in einen ewigen Augenblick. Doch wer waren sie außerhalb dieses Moments? Martina Clavadetscher ist den Hinweisen ihres Lebens nachgegangen, lässt die Frauen erzählen und gibt ihnen so eine Stimme zurück.

»Ohne diese Frauen, gäbe es kein Staunen, kein Schauen – mehr noch, ohne diese Frauen wäre die Kunstgeschichte, so wie wir sie heute kennen, undenkbar. Diese Frauen waren immer auch Mitarbeiterinnen, Künstlerinnen, Unterstützerinnen, Auslöser, ein Spiegel der Zeit, Ikonen, Inspiration, Partnerinnen, Retterinnen.« Martina Clavadetscher

»Martina Clavadetscher zählt zu den originellsten und wagemutigsten Stimmen ihrer Generation.« *NZZ am Sonntag*